KB202050

Hiking Girls

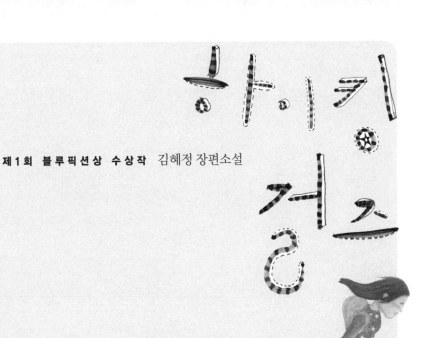

제 1 회 블루픽션상 수상작 김혜정 장편소설

비룡소

나의 가장 사랑스러운 적(敵) 사 남매의

위대한 부모님께

| 차례 |

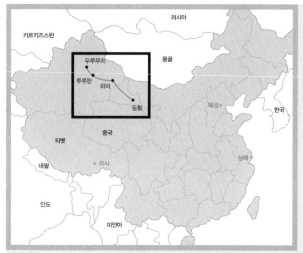

러시아

키르키즈스탄

우루무치

투루판   몽골

하미

둔황   북경

한국

중국

티벳   상해

네팔   라사

인도

미얀마

우루무치 공항
(출발지)

우루무치

투루판

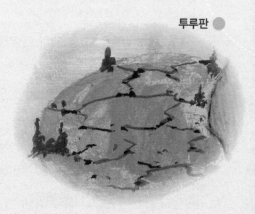

고창고성

하미

명사산

둔황 공항
(도착지)

둔황

이건 아니잖아

"짜증 나, 정말. 도대체 얼마나 더 걸어야 하는 거예요?"

난 걸음을 멈추고 소리쳤다.

벌써 세 시간째 먼지가 폴폴 나는 흙 길을 걷고 있다. 아마 학교 운동장을 걸었다면 백 바퀴는 넘게 걸었을 거다. 학교에서 벌을 받을 때에도 운동장 열 바퀴 이상은 뛰어 본 적이 없는데……. 발뒤꿈치부터 엉덩이까지 뒷다리가 뻣뻣해졌다. 모래주머니를 차고 있는 것처럼 다리가 무거워 더는 걸을 수가 없었다.

"이은성, 너 자꾸 게으름 피울래?"

보라와 내 뒤에서 걷고 있던 미주 언니가 또 야단이었다.

"배낭이 무거워 죽겠는데 그럼 어떻게 해요? 날은 또 왜 이렇게 더워요? 아, 짜증 나."

난 땀에 흠뻑 젖어 몸에 착 달라붙어 있던 티셔츠를 잡아당겨 흔들었다. 티셔츠 사이로 바람이 들어가니 조금은 살 것 같았다.

"아유, 더워. 날씨가 너무 살인적이잖아요! 가만히 서 있기만 해도 땀이 좍좍 흐르잖아!"

"잔소리 말고 빨리 걸어."

미주 언니가 내가 멘 배낭을 확 밀치는 바람에 몸이 앞으로 튕겨 나갔다.

저 태양은 미친 게 분명하다. 햇볕이 강렬하다고 이야기는 들었지만 이토록 심할 줄은 몰랐다. 한증막보다 더하면 더했지 못할 게 없었다. 너무 더워 숨도 제대로 쉴 수 없었다.

하지만 그건 둘째 문제였다. 팔다리의 살이 익어 너무 따가웠다. 살이 바짝바짝 타서 빨갛게 변했고, 군데군데 붉은 반점이 생겼다. 아침에 선크림을 듬뿍 바르고 나왔지만 전혀 소용없었다. 땀 때문에 선크림이 줄줄 흘러내렸고, 아무리 덧발라도 이곳 햇볕은 선크림쯤은 아주 우습게 여겼다.

"그러게 내가 긴팔 옷 입으라고 했잖아. 햇볕 장난 아니지?"

미주 언니가 약 올리듯 말했다. 아침에 나는 언니의 말을 무시하고 여름에 무슨 긴팔이냐며 반팔 티셔츠를 꺼내 입었다.

"됐거든요. 아직 끄떡없어요."

당장이라도 긴팔 옷을 꺼내 입고 싶었지만 미주 언니와 보라에게 우습게 보이고 싶지 않았다.

대신 보조 가방에서 물만 꺼냈다. 아침에 출발하면서 슈퍼마켓에 들러, 500밀리리터짜리 생수 두 병을 샀다. 사면서 이걸 다 마실 수 있을까 싶었는데, 벌써 한 병은 다 마셨고 나머지 병에 든 물도 얼마 남지 않았다.

"이은성, 물 빨리 마시지 말라고 했지?"

미주 언니가 또 잔소리했다. 미주 언니는 이번 여행에서 보라와 나의 인솔을 맡은 노처녀다. 청소년 보호 센터에서 듣기론 대학에서 중국어를 전공했고 실크로드를 여행한 경험이 있다고 한다. 뭐 중국어는 잘하는 것 같다. 하지만 내가 인솔자를 직접 고를 수 있었다면, 절대 이런 재수탱이 마귀할멈은 선택하지 않았을 거다.

어젯밤에 미주 언니가 화장 지운 걸 봤는데, 쭈글쭈글한 게 마귀할멈이 따로 없었다. 피부에 탄력도 없고, 특히 눈가의 잔주름이 장난 아니었다. 센터에서 봤을 때는 이십 대인 줄 알았는데, 지금 보니 서른 살은 족히 넘은 것 같았다.

"목이 바싹 마른 상태에서 물을 갑자기 들이켜면 기도를 다칠 수도 있다고 했잖아."

똑같은 소리를 벌써 열 번도 넘게 들었다. 하지만 목말라 죽겠는데 어떻게 물을 한 모금, 한 모금씩 천천히 마셔? 난 언니의 말을 못 들은 척하고 계속해서 물을 벌컥벌컥 들이켰다.

"켁켁."

너무 빨리 마신 것 같았다. 물이 목에 걸렸다.

"콜록, 콜록."

기침을 여러 번 하니, 그제야 목에 걸렸던 물이 내려갔다.

찌는 듯한 더위, 무거운 배낭, 재수 없는 마귀할멈까지 여긴 지옥이나 다름없다. 도대체 실크로드에는 언제쯤 도착하는 걸까? 이렇게 걷다가는 실크로드에 도착도 하기 전에 쓰러질 것 같다.

안 돼, 이은성! 곧 실크로드에 도착할 거야. 정신 차려!

난 두 주먹을 불끈 쥐었다.

그런데 이 불길한 기운은 뭐지? 걸으면 걸을수록 주변의 모습은 옛날로 돌아가고 있었다. 분명 어젯밤에 도착한 우루무치 공항 주위는 우리나라와 별 다를 것이 없었다. 공항도 세련되고, 주위에 높은 건물도 많이 보였다. 하지만 차를 타고 한참 가서 도착한 여관 주위는 공항에 비해 십 년 전 세상이었다. 건물 높이가 5층 미만으로 줄었고 외관도 허름했다. 오늘 걷다 보니, 건물 높이가 5층에서 2층이나 1층으로 더 줄었고, 이젠 아예 상점 하나 보이지 않았다. 주변은 온통 시골에서나 볼 수 있는 듯한 밭이었다.

그런데 밭은 어딘가 이상했다. 여름철인데도 농작물이 자라기는커녕, 서리가 내린 것처럼 황량했다. 식물이라고는 말라비틀어진 가시덩굴이 전부였다. 게다가 흙은 돌과 자갈이 마구잡이로 섞여 있고, 사람들이 별로 밟지도 않았는지 밟을 때마다 반갑다고 인사라도 하는 듯 먼지가 폴폴 날렸다. 이런 길을 설명해 줄 수 있는 단어는 딱 하나뿐이다. '시골 길.'

속은 게 분명하다. 여기는 분명 실크로드가 아니다. 내가 비록 영어를 좋아하지는 않지만, 최소한 실크로드가 비단길인 것쯤은 해석할 수 있다. 하지만 이런 길이 비단길일 리가 없다. 모래와 자갈로 범벅이 된, 아스팔트 포장도 제대로 되어 있지 않아 먼지가 그득한 시골 길이 비단길이라니, 말도 안 된다.

청소년 보호 센터에서는 처음부터 우리를 '실크로드'에 보낼 생각이 없었다. 그저 우리를 꼬이기 위해 실크로드라는 그럴듯한 지명을 대면서 우리를 여기로 보낸 게 분명하다. 누가 땡볕의 흙길이란 것을 알면서도 도보 여행을 선택하겠는가.

"언니!"

고개를 돌려 큰 소리로 미주 언니를 불렀다.

"알았어, 저기 보이는 식당에서 점심 먹고 가자."

"네!"

15

미주 언니가 처음으로 반가운 소리를 했다. 우선 밥부터 먹고 나서 언니에게 따져야겠다.

하지만 언니가 가리키는 곳을 아무리 봐도 식당은 보이지 않았다. 길을 걷기 시작한 지 네 시간 만에 나타난 회색 건물은 도저히 식당 같지 않았다. 시멘트 지붕이 반쯤 허물어졌고, 건물 외벽은 전혀 청소를 안 하는지 새카맸다.

"저게 식당이라고요?"

"그래, 잔말 말고 빨리 들어가."

식당은 보기에도 허름했는데, 안으로 들어가니 더 심했다. 인테리어하고는 담을 쌓았는지 벽에는 아무런 벽지도 발라져 있지 않았고 손으로 대충 적은 메뉴 종이가 한쪽 벽에 붙어 있었다. 그리고 편의점 앞에나 있을 법한 플라스틱 둥근 식탁 여섯 개가 마구잡이로 놓여 있었다. 점심시간인데도 손님은 우리밖에 없었다.

우린 선풍기와 가까운 곳에 자리를 잡고 앉았다. 선풍기는 덜덜거리며 천천히 돌아가고 있었다. 식탁을 덮은 비닐 식탁보에는 얼룩이 그대로 묻어 있었다.

"후져, 후져. 뭐 이렇게 후진 데가 다 있어?"

"이은성, 너 말 조심해."

미주 언니가 내게 주의를 줬다. 내 입 가지고 내 맘대로 말도 못

하나? 난 언니를 노려보았다.

메뉴는 전부 한자로 쓰여 있었다. 뭘 시켜야 할지 몰라 가만히 있으니, 미주 언니가 메뉴를 설명하기 시작했다.

"양고기가 들어간 국수볶음이 있고, 닭고기 국물에 감자로 만든 면을 만 국수가 있고, 또……."

"그냥 아무 거나 먹을래요."

난 언니의 말을 잘랐다. 날씨가 더워서 그런지 입맛이 없었다.

"배고프지는 않겠지만, 앞으로 네 시간 정도 더 걸을 거야. 그러니까 잘 먹어야 해."

"누가 안 먹겠대요? 아무 거나 시켜 달라고요. 아유, 말귀도 못 알아듣고 난리야."

"뭐라고?"

"못 들었으면 그냥 넘어가요. 아유, 짜증 나."

미주 언니가 나를 째려보았다. 한 대 칠 기세였다.

"너, 말조심하라고 했지? 이번 한 번만 봐줄 테니까 앞으로 조심해."

"웃기시네. 봐주긴 누가 누굴 봐준다고 그래?"

"이게 정말!"

미주 언니가 벌떡 일어섰다.

"알았어요, 알았어. 그냥 여기에서 제일 유명한 걸로 시켜 줘요."

미주 언니가 두 주먹을 부르르 떨며 날 노려보았다. 난 언니의 시선을 피했다.

잠시 후 언니는 심호흡을 크게 한 번 하더니, 다시 자리에 앉으며 보라에게 물었다.

"보라야, 너는 뭐 먹을래?"

"저도 같은 걸로 할게요."

보라도 힘든지 메뉴에 별 관심을 보이지 않았다.

"그럼 다 같이 양고기 국수 먹자. 이 지역 사람들이 즐겨 먹는 건데, 스파게티랑 비슷해."

미주 언니가 주인아줌마를 불렀다. 그런데 이상했다. 주인아줌마가 중국 사람이 아니었다. 주방을 흘낏 들여다보니, 그 안에 있는 남자 요리사도 마찬가지였다. 중국으로 이민 온 서양 사람인가? 쌍꺼풀이 굵게 지고 코가 높아 이목구비가 뚜렷했다. 그걸 봐서는 서양인 같았다. 하지만 약간 검은 피부에 얼굴이 동그란 걸 보면 동양인이 틀림없었다. 게다가 주인아줌마는 중국어도 유창하게 잘했다.

도대체 이 사람들은 서양인이야, 동양인이야? 아줌마를 유심히 살펴보았지만, 보면 볼수록 더 헷갈리기만 했다.

잠시 후, 식사와 함께 따뜻한 차가 나왔다. 안 그래도 더워 죽겠는데 뜨거운 차를 마시라니, 이상한 식당이었다.

"아씨, 열라 짜증 나. 여기 물은 없대요? 언니, 여기 물 좀 가져다 달라고 해요."

"안 돼."

미주 언니가 주인아줌마에게 물어보지도 않고 대답했다. 통역 좀 해 주면 안 되나? 중국어 좀 한다고 으스대는 꼴이란 정말.

"중국 식당에서는 물 대신에 차를 줘. 날씨가 건조하고 모래 바람이 심해서 사람들이 기름진 음식을 많이 먹거든. 그래서 기름기도 없애고 소화가 잘 되라고 차를 주는 거야. 워낙 물도 부족하고 수질도 좋지 않아서 생수 구하기가 힘들어."

미주 언니가 차를 마시면서 말했다.

"그리고 식당에서 물을 주는 나라는 많지 않아. 유럽에서는 식당에서 물을 따로 팔아."

"에이, 거짓말이죠?"

"진짜야."

별 웃기는 데가 다 있다. 어떻게 물까지 판담? 역시 우리나라만한 곳이 없는 것 같다. 외국에 나오면 애국자가 된다더니, 나는 하루 만에 벌써 그렇게 된 것 같다.

양고기 국수는 스파게티와 비슷하게 생겼다. 토마토소스에 볶은 면 위에 양파와 피망, 그리고 양고기가 얹혀 있었다.

"윽, 맛이 왜 이래요?"

스파게티와 비슷한 맛이 나기는 했지만, 면을 물에 헹구다 말았는지 텁텁했고 이상한 냄새가 났다. 몇 젓가락을 먹다가 젓가락을 내려놓았다.

보라도 거의 먹지 않고 남겼다. 하지만 미주 언니의 그릇은 바닥이 보였다.

"너희 그거 먹고 배고파서 어쩌려고 그래?"

"스파게티를 베끼려면 잘 좀 베끼지."

양고기 국수는 스파게티를 본 따서 만들다가 실패한 음식 같았다.

"베끼다니? 이게 스파게티의 원조야! 중국에 온 이탈리아 사람들이 이걸 먹어 보고 자기 나라로 가서 만든 요리가 스파게티야. 면 요리는 중국에서 처음 만들어졌어."

"하지만 스파게티에서는 냄새가 안 나잖아요."

난 젓가락으로 면을 들어 올렸다가, 이상한 냄새 때문에 다시 내려놓았다.

"이슬람식 향신료가 들어가서 그래. 먹다 보면 익숙해질 거야. 얼른 더 먹어. 그렇게 조금 먹으면 배고파서 못 걸어."

"됐어요."

이럴 줄 알았으면 아침 식사 때 나왔던 우유와 카스테라를 더 많이 먹었을 텐데. 우리나라에서 먹던 것보다 훨씬 더 맛이 좋았다. 우유는 진하면서 고소했고, 카스테라는 입에서 살살 녹았다. 점심으로 맛있는 것을 먹을 줄 알고 조금밖에 먹지 않은 게 후회되었다.

"실크로드에는 언제쯤 도착해요? 오늘 안에는 갈 수 있는 거예요?"

나는 식사를 거의 마친 미주 언니에게 물었다. 순간 미주 언니와 보라가 동시에 나를 쳐다보았다. 해서는 안 되는 질문인가? 왜 둘 다 놀란 토끼 눈을 하고 쳐다보는 거지?

"왜요? 한참 더 걸어야 해요?"

"농담도……. 은성이 너, 은근히 재밌는 애구나?"

미주 언니가 나를 툭 치며 웃었다. 보라까지 조용히 따라 웃었다. 둘이 웃는 건 처음 봤다.

"그만 좀 웃어요. 도대체 언제쯤 도착할 수 있는 거냐니까요?"

깔깔대며 한참을 웃던 미주 언니가 웃음을 멈추더니 말했다.

"이은성, 여기가 실크로드잖아. 우리가 지금 걷고 있는 이 길이 실크로드라고. 너 지금 농담하는 거지? 웃으라고 한 말이지?"

"여기가 실크로드라고요? 무슨 소리예요? 여긴 그냥 시골 길이잖아요. 이게 무슨 비단길이야. 내가 그것도 모를까 봐? 짜증 나, 정말."

둘이 나를 가지고 장난치는 것이 분명했다. 내가 아무리 공부를 못해도 '실크로드'의 뜻도 모를까 봐 그러는 건가?

"너, 센터에서 교육할 때 뭐 들었어? 몇 번 빠지긴 했어도 왔잖아?"

내가 교육 시간에 뭘 했더라? 졸았던 기억만 났다.

"그럼 센터에서 준 책 안 봤어? DVD는?"

나는 고개를 저었다. 센터에서 실크로드 관련 책을 열 권 정도 주었고, DVD도 다섯 개나 주었다. 하지만 내가 그런 걸 볼 사람처럼 보이나? 모두 방 한구석에 처박아 두고 쳐다보지도 않았다.

"그럼 인터넷으로 실크로드를 찾아보지도 않았어?"

물론이다. 물을 걸 물어야지.

"내가 너 때문에 미친다, 미쳐. 그렇다고 설마 너, 실크로드가 정말 비단으로 만든 길이라고 생각했던 건 아니겠지?"

미주 언니가 정색했다.

"비단으로 만든 길은 아니어도 비단같이 고운 길을 말하는 거 아니에요?"

미주 언니는 아무 말도 하지 않았다. 대신 언니의 얼굴이 말했다. '뭐 이런 애가 다 있어?' 라고. 사람들이 나를 보고 가장 많이 짓는 표정이기에 자신 있게 읽을 수 있었다.

"실크로드는 비단으로 만든 길이 아니라 비단을 무역했던 길이야. 그러니까 중국에서 유럽의 로마까지 비단이나 향신료 같은 것을 수출하고 수입했던 장삿길을 의미하는 거라고."

"실크로드가 고작 중국에서 로마까지의 길을 말하는 거라고요?"

말도 안 돼. 실크로드라고 해서 특별한 길일 거라고 생각했다. 하지만 뭐가 어째?

"고작이라니, 실크로드가 얼마나 중요한 역할을 했는데? 그리고 실크로드가 중국 서안에서 로마로 가는 길이라 알려져 있지만 서안이 아니라 신라부터 실크로드로 본다는 의견도 꽤 있어. 신라 왕족의 유물에서 로마제 유리잔이 나왔거든. 이 내용 다 센터에서 준 책에 자세하게 나와 있잖아."

"책 안 읽었다고 했잖아요!"

소리를 빽 질렀다.

"그래, 알았어. 이은성, 어쨌든 잘 들어. 우린 지금 실크로드를 걷고 있는 거야. 여기 우루무치뿐만 아니라 앞으로 우리가 갈 투루판, 하미, 둔황도 모두 실크로드에 속한다고. 둔황에 도착해야 우리의 도보 여행이 끝나는 거야."

"농담하는 거…… 아니죠?"

마지막 희망이 사라졌다. 나를 바라보는 미주 언니의 눈에 딱하다는 눈빛과 한심하다는 눈빛이 섞여 있었다.

"둔황까지 얼마나 걸려요? 설마 70일이 몽땅 걸리는 건 아니겠죠?"

우리의 여행 일정은 총 70일로, 6월 22일부터 8월 30일까지 실크로드를 여행하기로 되어 있었다.

"둔황까지의 거리는 이곳 우루무치에서 약 1,200킬로미터야."

"1,200킬로미터요?"

"우루무치에서 투루판까지의 거리가 약 200킬로미터, 투루판에서 하미까지가 약 500킬로미터, 하미에서 둔황까지가 약 500킬로미터거든. 이렇게 1,200킬로미터를 걸으면 70일 정도가 걸려."

"헉, 1,200킬로미터를 걷는 데 그렇게 많은 시간이 걸려요?"

"너 그 거리가 얼마나 되는지 모르는구나. 서울에서 부산까지의 거리가 약 400킬로미터니까, 우린 서울과 부산을 한 번 왕복하고 다시 서울에서 부산까지 가는 셈이라고."

난 서울에서 부산까지 걸어가는 장면을 머릿속에 떠올렸다. 아니지, 서울에서 부산에 갔다가 다시 서울로 돌아와서 또 부산까지 가야 한다. 하지만 기차를 타고 가 본 적은 있어도 걸어서 가 본 적이 없어서 도저히 가늠이 되지 않았다.

"하루에 몇 킬로미터를 걷는 거예요?"

"우리가 아무리 속력을 내도 아스팔트 길이 아니기 때문에 한 시간에 3킬로미터를 조금 못 걸을 거야. 그리고 해가 떠 있을 때만 걸을 수 있는 데다, 체력적으로 힘들기 때문에 하루에 일고여덟 시간 이상은 걷지 못하는데, 그렇게 따지면 하루에 걸을 수 있는 거리는 20킬로미터 정도야."

1,200킬로미터를 20으로 나누면 60이었다. 나답지 않게 머리가 빨리 돌아갔다.

"그러면 60일이지 왜 70일이에요?"

미주 언니에게 따졌다. 60일과 70일은 엄연히 다르다.

"10일에 한 번씩 쉬는 날이 있잖아. 10일을 걸은 다음에 하루는 쉴 거야. 그렇게 따지면 우리가 실크로드에 머무는 시간은 70일 정도가 되는 거지."

"그, 그럼 70일 내내 여기에서 지내야 하는 거예요? 이, 이런 시골에서요?"

당황한 나머지 나는 말도 똑바로 나오지 않았다.

"맞아. 이제 좀 알겠어?"

미주 언니가 얄밉게 대답했다.

"앞으로 걷게 되는 길은 이 길보다 더 힘들지 몰라. 그나마 우루무치가 투루판, 하미, 둔황 중에서 가장 발달되었거든. 가면 갈수록 걷는 게 더 힘들어질 거야. 사진에서나 보던 사막이 펼쳐질걸?"

"마, 말도 안 돼! 지금 나한테 사기 치는 거죠?"

"아니야."

"사기꾼! 내가 그 말을 믿을 것 같아?"

내가 소리를 지르자, 미주 언니가 배낭에서 센터에서 준 여행 책자를 꺼내 보여 주었다.

미주 언니의 말은 거짓말이 아니었다.

"거짓말이야! 이럴 순 없어!"

씩씩거리며 소리쳤지만, 언니는 눈 하나 깜짝하지 않았다.

다가오는 나의 황금 같은 7월, 8월을 이름값도 못하는 이 실크로드에 고스란히 바쳐야 한다고?

이건 정말 아니잖아!

26

여기 오기 전, 한 달 동안 매일 걷기 훈련을 받았다. 러닝머신 위에서 하루에 15킬로미터씩 걸었고 일주일에 한 번씩 산에 올랐다. 그땐 하라고 해서 영문도 모르고 했지만, 왜 그런 훈련을 받았는지 이제야 이해되었다.

"은성이 어떡하니? 기대가 크면 실망도 크다던데."

내가 조금 잠잠해지자, 미주 언니가 비꼬는 투로 한마디했다.

"그냥 돌아갈래?"

네, 라는 대답이 목구멍까지 올라왔다가 쑥 내려갔다. 나를 기다리고 있는 것을 생각하면 그럴 수 없었다.

"됐거든요!"

부글부글 끓어오르는 화를 식히기 위해 보조 가방에서 부채를 꺼내 있는 힘껏 부쳤다.

"밥 먹고 나서 또 걸어야 해요?"

"당연하지. 아직 10킬로미터밖에 안 걸었어. 앞으로 10킬로미터는 더 걸어야 해."

아아, 제발 누군가 와서 나를 꼬집으며 이 모든 게 꿈이니 어서 깨어나라고 말해 주었으면 좋겠다.

하지만 그럴 기미가 보이기는커녕, 재수 없는 마귀할멈의 얼굴만 더 또렷해졌다.

"아이씨, 정말 매일 이렇게 걷기만 해야 돼요?"

"당연하지. 우리는 걸어서 둔황까지 갈 거야. 절대 버스나 열차 같은 것은 타지 않아."

미주 언니의 목소리가 매우 단호했다.

"다 먹었으면 그만 가자. 오늘 묵을 숙소까지 가려면 서둘러야 해. 여기 어두워지면 꽤 위험하단 말이야."

미주 언니가 계산하려고 일어섰고, 보라도 언니를 따라 일어났다.

"이은성, 넌 안 일어나고 뭐 해?"

"아이씨, 짜증 나. 누가 안 일어난대요? 가요, 가!"

난 무거운 다리를 이끌고 식당 밖으로 나왔다. 아까보다 다리가 천만 배는 더 무거웠다.

"야, 넌 실크로드가 이런 곳인 줄 알았냐?"

보라에게 물었더니 보라는 그렇다고 고개를 끄덕였다. 보라 계집애를 이해할 수 없었다. 몸도 약한 애가 여길 왜 온다고 한 걸까? 이 계집애는 마론인형 다리에 몸도 삐쩍 말라 정말 허약해 보였다. 심지어 처음 봤을 때는 체구가 너무 작아 중학생인 줄 알았다. 하지만 나보다 한 살 어린 고등학교 1학년이었다.

"야, 근데 말이지."

"왜?"

"아니야, 됐어."

여기에 왜 오게 되었느냐고 물으려다가 그만두었다. 대답하기 곤란한 질문이었다. 나도 그것에 대해서는 별로 이야기하고 싶지 않았다.

"너, 실크로드가 이런 개떡 같은 길인 줄 알면서도 온 거야?"

"응, 그냥…… 한국이 아니라서…….”

보라는 더는 이야기하고 싶지 않은지, 서둘러 발걸음을 옮겼다.

"걸으면 목마를 텐데 떠들 기운이 어디 있어?"

우리를 따라오던 마귀할멈이 빽 하고 소리를 질렀다. 마르든 말든 내 목인데 왜 자꾸 참견하는 건지, 아무튼 왕재수다. 그렇지 않아도 그만 말하려고 했다. 걷다 보면 말을 할 수도 없다. 힘들어서 도저히 말이 나오지 않으니까.

하지만 대화도 없이 걷기만 하는 건 너무 지루했다. 음악이라도 들으면서 걸으면 괜찮을 텐데, 이 도보 여행의 규칙 중 하나가 걷는 중에 음악을 듣지 않는 것이다. 음악을 들으면 생각할 시간이 없다나 뭐라나. 그래서 출발하기 전에 담배와 함께 엠피쓰리를 압수당했다.

뜨거운 햇볕 때문에 머리가 너무 아팠다. 고개를 들어 하늘을 올려다보다가 바로 숙일 수밖에 없었다. 해는 감히 처다보지도 말라는 듯 이글이글 불타고 있었다.

6월의 태양이 이 정도라면 앞으로 다가올 한여름날의 태양은 어떨까? 아니다, 더 이상 상상하지 말자. 무엇이든 지금보다 나을 리가 없다.

난 보조 가방에서 손수건을 꺼내 얼굴을 닦았다. 땀이 흐르고 마르기를 반복하다 보니, 몸이 너무나 끈적거렸다. 아이보리 색의 손수건이 땀과 먼지로 범벅이 되어 짙은 회색으로 변했다. 공기 중에 가득한 먼지가 땀이 난 얼굴에 족족 달라붙어 먼지 팩을 하고 있는 것 같았다.

"이은성, 땀 그만 닦고 걷기나 해!"

아유, 잔소리가 또 시작되었다.

"알았다고요, 이 마귀할멈아."

나도 모르게 이 말이 튀어나왔다. 보라가 들었는지 쿡 하고 웃었다. 미주 언니는 아무 반응도 보이지 않았다. 못 들은 게 분명해. 들었으면 가만히 있을 사람이 아니지.

이 찜통더위에 매일 걷는다고? 그건 불가능한 일이다. 도보 여행이라고는 했지만 아무도 감시하지 않기 때문에, 우리가 걷든, 버스나 기차를 타든, 아무 상관 없다. 버스를 타고 도착지에 간 다음, 한국에 돌아가서는 "우리 걸었어요." 하면 된다. 우리를 일상과 단절시키기 위해 말도 통하지 않고 인터넷과 전화도 하지 못하는 외국으로 보냈다지만, 그들은 하나는 알고 둘은 몰랐다. 우리가 감시자들의 눈에서 멀리 떨어져 있다는 사실을.

3일만 지나면 마귀할멈이 먼저 버스를 타자고 하겠지? 그 생각에 조금씩 힘이 나기 시작했다.

조금만 참자, 이은성!

나 다시 돌아갈래

다 참을 수 있었다. 냄새나고 더러운 이불도, 사람 무서운 줄 모르고 방바닥을 마구 지나다니는 바퀴도, 따뜻한 물이라고는 나올 줄 모르는 목욕탕도, 코를 막지 않으면 들어갈 수 없는 재래식 화장실도, 헹구다 만 국수도, 찜질방 같은 더위도, 한국에 있는 친구들과 전화 한 통 못 하는 것도, 인터넷 게임을 못 하는 것도 다 참을 수 있었다. 하지만 가도 가도 끝이 보이지 않는 길만은 도저히 참을 수가 없었다. 내가 왜 이 거지 같은 길을 걸어야만 하는지 억울할 뿐이었다.

유지연은 이미 퇴원한 지 오래다. 유지연 아빠가 꽤 높은 자리에 있다고 듣긴 했었다. 그래서 내가 그 계집애를 때렸을 때, 반 아이들이 호들갑을 떨며 걱정했다. 걔네 아빠가 대법원에 있다느니, 큰아버지가 검찰총장과 단짝 친구라느니 하면서 이번에는 아마 힘들 거라고 했다. 그리고 반 아이들의 예언은 적중했다.

전치 12주가 나오자 걔네 집에서는 결코 날 용서하지 않겠다고 했다. 유지연 엄마는 경찰서로 찾아와 길길이 날뛰며 자기가 누군 줄 아냐며 나 같은 거 학교에서 싹 잘라 버리는 건 아무 일도 아니라고 했다. 반드시 나를 소년원에 보내 정신을 차리게 해 줄 거라고 큰소리쳤다. 우아하게 차려입고 오셔서 어찌나 욕을 해 대시는지, 유지연과 아주 똑같았다. 유지연도 학교에서 내숭 공주, 잘난 척 대마왕으로 통했다. 입만 열었다 하면 욕과 자기 아빠 자랑이 끝이 없었다.

"이은성 완전 짜증 나지 않냐? 우리가 뭐 걔 주먹이 무서워서 피하는 거야? 더러워서 피하는 거지. 그리고 너희 이은성 말하는 거 들어 봤어? 머리에서 빈 깡통 소리 나잖아. 무식한 게 힘만 세면 다인 줄 안다니까."

유지연은 책상 옆에 걸려 있는 내 가방을 발로 툭툭 차며 내 욕을 하고 있었다.

"그래도 언니잖아. 은성 언니 우리보다 한 살 더 많아."

"언니는 무슨 언니야. 누가 일 년 꿇으래? 하도 애들을 패고 다녀서 유급된 거라며? 내가 장담하는데, 걔 분명 또 사고 쳐서 아예 졸업도 못할 거야. 그런 애들이 다 커서 범죄자가 되는 거라고. 그런 쓰레기들 때문에 괜히 우리 아빠만 고생하는 거지."

교실에 막 들어선 나는 유지연이 하는 말을 다 듣게 되었다. 하지만 그 애는 내가 있다는 것도 모른 채 계속해서 내 욕을 해 댔다.

"게다가 너희 이은성네 엄마 미혼모인 거 모르지? 우리 집 파출부 아줌마가 이은성이랑 같은 아파트에 살거든. 얼마나 놀았으면 결혼도 안 하고 애를 낳아? 그러니까 애가 저 모양이지. 그 피가 어디 가겠어? 하여튼 그 엄마에 그 딸이라니깐."

"야, 은성 언니 엄마 얘기 하는 거 싫어해. 그 얘기만 나오면 빡 돌잖아."

"이은성도 꼭 걔네 엄마처럼 될 거야. 안 봐도 뻔해."

처음엔 참으려고 했다. 하지만 엄마 얘기에는 나도 어쩔 수 없었다.

"야, 다시 말해 봐."

"뭐, 뭘?"

"방금 말한 거, 다시 한 번 말해 보라고!"

반 아이들이 몰려들었다. 유지연은 주위를 한번 둘러보더니, 특유의 재수 없는 말투로 다시 빈정거렸다.

"혹시 너희 아빠 타이슨 아니니? 힘만 세고 무식한 게 꼭 너랑 똑같잖아. 피부 까만 것도 그렇고. 엄마한테 가서 물어봐. 이번 기회에 아빠 찾으면 좋을 거 아니야."

난 유지연을 잡아 세우고 공주님의 고운 얼굴에 가차 없이 주먹을 날렸다.

유지연은 운이 없었다. 왜 하필 나를 건드린 건지. 나는 '개은성' 혹은 '미친 주먹'으로 통했다. 한번 때리기 시작하면 귀신에라도 홀리는지 경찰이 와서 말려도 절대 멈추지 않았다.

물론 운이 없었던 건 나도 마찬가지였다. 왜 하필 유지연이었을까? 유지연네 집은 돈이 아쉽지도 않은 데다 자신들의 손상된 자존심을 회복시키는 방법은 그것이라고 판단했는지 결코 합의해 주지 않았다. 결국 나는 구치소에 들어가 판결을 기다려야만 했다.

"힘들어서 더 못 걷겠어요!"

난 걸음을 멈췄다.

"이은성, 왜 자꾸 그래? 우리 겨우 일주일밖에 안 걸었어."

미주 언니가 심드렁한 표정을 지으며 말했다.

"겨우 일주일이라고요? 일주일씩이나 걸었잖아요! 힘들어 죽겠다고요!"

오늘이 걷기만 한 지 벌써 7일째다. 일주일 내내 하루도 빠지지 않고 매일, 그것도 하루 종일 걷기만 했다. 내 몸이 내 몸 같지가 않았다. 근육통이 없는 부위가 없고, 온몸이 새까맣게 타서 마치 까마귀 같았다.

"이은성, 게으름 피우면 더 늦는 거 알지?"

계속되는 언니의 잔소리에 할 수 없이 다시 걸음을 내디뎠다.

실크로드의 정체를 알고 나서 우리가 정말 규정대로 마냥 걷기만 할 줄은 생각도 못했다.

"며칠 걸었으니까 이제 그만 걷고 버스 타요, 네? 설마 70일을 다 걷겠다는 건 아니죠? 언니도 힘들잖아요. 어떻게 하루도 빠짐없이 걸어요? 그냥 흉내만 내요. 지금은 버스 타고, 돌아가서는 걸은 척하자니까요!"

"말도 안 되는 소리 하지도 마. 이게 무슨 애들 장난인 줄 알아? 그렇게 할 거면 당장 그만둬!"

결국 된통 혼만 났다. 미주 언니가 너무 미웠다. 그래서 애 좀 먹으라고 일부러 빨리 걸었다. 나와 보라의 뒤에서 걷는 미주 언니는 속도를 우리에게 맞출 수밖에 없는데, 우리가 빨리 걸으면 사실 더 힘든 쪽은 삼십 대인 언니였다.

큰이모 아들인 수창 오빠의 말에 따르면, 십 대와 삼십 대의 체력은 확실히 다르다. 올해 서른 살이 된 수창 오빠는 나를 만날 때마다 회사 다니느라 힘들어 죽겠다고 했다.

"오빠, 도대체 뭐가 그렇게 힘들어?"

"나이가 드니까 더 힘든 거야. 넌 아직 어려서 모르겠지만, 원래 나이가 들면 들수록 체력이 떨어지기 마련이라고. 너도 내 나이가 되면 알 거다."

그래서 난 최대한 속도를 높여서 걸었다. 하지만 전혀 소용없었다. 오히려 빨리 걸으니 다리에 쥐가 나고 더 피곤해질 뿐이었다. 그런데 이런 나에 비해 마귀할멈은 끄떡없었다.

오후 2시를 넘어서자 햇볕이 맹렬한 기세로 우리를 덮쳤다. 이 시간이 제일 싫었다. 태양이 가장 뜨거워 걷기가 쉽지 않기 때문이었다. 이마에 맺힌 땀방울이 또르르 굴러 내려 눈가 근처에 맺혔다. 손수건을 꺼내는 일은 귀찮지만, 눈가의 땀은 꼭 닦아야만 한다. 먼지 묻은 땀이 눈에 들어가면 너무 따갑기 때문이다. 게다가 여긴 눈을 씻을 곳도 마땅치 않았다.

"야, 지난번에 미주 언니가 우루무치가 여기 수도라고 하지 않았어? 근데 수도가 뭐 이러냐?"

옆에서 걷고 있는 보라에게 물었다. 아스팔트가 깔려 있지 않아 길을 걸을 때마다 먼지가 폴폴 났다. 게다가 높은 건물이나 큰

길도 보지 못했다. 하물며 식당이나 여관도 5킬로미터 이상을 걸어야 하나 나올까 말까 했고, 그마저도 허름하기 그지 없었다.

그런데 이런 곳이 수도란다. 중국 땅은 워낙 넓어서 자치적으로 운영되는 곳이 많다고 미주 언니에게 들었다. 중국 땅의 6분의 1이나 차지하고 있는 이 신강 위구르 지역 역시 자치적으로 운영되고 있고, 우루무치가 바로 신강 위구르 자치구의 수도라고 했다.

수도가 이 정도라면 앞으로 우리가 갈 투루판, 하미, 둔황은 어떨까? 이곳보다 못하면 거기에 사람은 살까? 물론 투루판, 하미까지만 신강 위구르 자치구에 속하고, 둔황부터는 간수성 지역이라고 했다. 하지만 그곳이 우리가 가는 곳 중에서 가장 규모가 작다고 들었다. 빨리 그곳에 가야 하지만 여기보다 모든 것이 떨어진다고 생각하니 가고 싶은 마음이 싹 가셨다.

"중심부가…… 아니라서 그럴 거야. 우리는…… 관광을 하는 게 아니라서…… 일부러 도시 외곽 쪽을 걷고 있는…… 거래. 되도록 중심부는…… 피해서 말이야. 우루무치 중심은…… 북경이나 상해만큼 발달되었대."

보라가 헥헥거리며 간신히 말했다. 보라는 한 마디, 한 마디 말하면서 침을 꼴깍 꼴깍 삼켰다. 너무 힘들어 보여, 물어본 게 미안할 정도였다.

외곽이라니, 역시 마귀할멈이 농간을 부렸다. 도대체 나는 언제까지 마귀할멈의 농간에 놀아나야 하는 걸까?

"언니, 화장실 좀 다녀올게요."

"이은성, 너 아까 점심 먹고 다녀왔잖아."

"속이 안 좋아서 그래요."

난 배낭을 길 위에 던져 두고 멀리 뛰었다.

길에서 화장실을 찾는 건 쉽지 않다. 있는 화장실이라면 어떻게 해서든지 찾을 수 있겠지만, 여기에는 화장실이 별로 없다. 특히 사람들이 거의 지나다니지 않는 곳에는 화장실이 아예 설치되어 있지 않았다.

처음에는 화장실이 나올 때까지 참았다. 그래도 식당 근처에는 허름한 화장실이라도 있기에 식사 시간까지 참으면 되었다. 그런데 며칠 전에 미주 언니가 걷는 도중 갑자기 화장실에 좀 다녀와야겠다고 했다. 아무리 주변을 둘러보아도 화장실은 보이지 않는데 말이다.

미주 언니는 '자연 화장실'을 말한 것이었다. 언니는 나와 보라를 세워 놓고, 조금 멀리 떨어진 밭으로 가서 아무렇지도 않게 볼일을 보았다. 나도 처음에는 창피했지만, 한번 해 보니 별거 아니었다. 차라리 더럽고 지독한 냄새가 나고 칸막이마저 없는 중국 화장실보다 더 나았다. 게다가 이 화장실은 공짜다. 중국은 치사하게 화장실을 쓰는 것에도 돈을 받았다.

나는 바닥에 주저앉았다. 잠시 그대로 가만히 앉아 있으니, 확실히 더운 게 덜했다. 오늘 날씨 역시 '지나치게 맑음'이다. 이곳 날씨는 참 예의도 없다. 뭐든 정도껏 해야지, 매번 극단적으로 덥기만 하다. 비가 쏟아져 하루쯤 쉬고 싶은데, 여기에 도착한 이후로 단 한 번도 날이 흐렸던 적이 없다. 날이 맑으면 맑을수록 내 기분은 흐림이다.

사실 속이 좋지 않다는 건 거짓말이었다. 오늘은 물을 많이 마시지 않아 오줌이 마렵지도 않다. 그런데 왜 화장실에 간다고 했느냐고? 내가 누군가? 잔머리 대왕 이은성이다. 하루 내리 여덟 시간의 도보에서 몇 분의 쉬는 시간을 찾은 것이다. 뭐 나만 쉬자는 건 아니다. 내가 쉬면 보라와 미주 언니도 덩달아 쉴 수 있으니까.

배낭을 메지 않으니 날아갈 것만 같았다. 배낭 때문에 어깨와 등은 땀으로 축축했다. 등에서 땀 냄새가 나는 것 같아 고개를 돌려 냄새를 맡았다.

이곳에 누워 삼십 분만 쉬었다 가면 얼마나 좋을까? 한국에서는 학교에 가기 싫으면 가지 않았고, 수업 시간에 땡땡이도 자주 쳤다. 그런데 지금은 그렇게 할 수가 없다. 여기에서 내가 할 수 있는 건 이렇게 화장실 가는 척하고 몇 분씩 땡땡이 치는 게 전부였다.

십 분도 채 지나지 않아 돌아왔는데, 미주 언니가 왜 그렇게 오래 걸렸느냐고 한마디했다.

"이은성, 화장실 다녀오는 시간이 길면 길수록 숙소에 더 늦게 도착한다는 건 알고 있지? 우리가 하루에 걸어야 하는 거리는 정해져 있다고."

네버엔딩 잔소리가 또 시작됐다. 아, 정말 듣기 싫다.

귀 막는 시늉을 하고 언니 쪽을 쳐다보지도 않았다. 언니는 지금 자기를 무시하냐는 둥 자기 말이 말 같지 않느냐는 둥 별소리를 다 했다. 하지만 그럴수록 난 귀를 더 세게 막았다.

결국 언니의 잔소리는 멈췄고, 난 다시 배낭을 어깨에 멨다.

그런데 오늘따라 배낭이 더 무거웠다. 어젯밤에 물건들을 뺀다고 뺐는데도 그렇다. 여행에 필요한 것이 아니면 짐밖에 되지 않아서 아쉽지만 옷 몇 벌을 여관 주인집 딸에게 주고 왔다. 보라도 고추장과 김치 같은 것을 놓고 왔다. 이곳 음식이 입에 맞지 않아 잘 먹지 못하는 보라는 이곳 음식이 안 맞을 줄 알았는지 한국에서 고추장과 김치 같은 것을 잔뜩 싸 가지고 왔었다.

하지만 배낭은 여전히 무거웠다. 어제보다 날씨는 더 더웠고,

다리는 너무 아팠다. 근육이 딱딱하게 뭉쳐 온몸에 알이 생겼고, 발바닥은 굳어서 이젠 아예 감각조차 없었다.

오래달리기를 하고 있는 것 같았다. 1,600미터 오래달리기를 하면 운동장 여덟 바퀴를 뛰게 되는데, 보통 서너 바퀴까지는 괜찮지만 그 이상부터는 숨이 턱까지 차올라 뛰는 게 쉽지 않다. 그래서 반에서 3분의 1정도의 아이들이 포기한다.

중학교 1학년 때 오래달리기에서 반 아이들 중에 일등을 한 적이 있었다. 그때 할머니는 정말 좋아하며 동네방네 다니면서 자랑했다. 그래서 할머니한테 조금 미안했다. 내가 할머니에게 자랑스러웠던 건 그때가 유일했기 때문이었다.

"할머니, 내가 다른 것에서도 일등 하면 좋겠지?"

"아니야."

"거짓말. 공부 못한다고 매일 구박하잖아."

"오래달리기 잘하는 게 얼마나 대단한 건데? 이 할머니는 다리가 아파서 달리고 싶어도 달릴 수가 없어. 제대로 걷지도 못하잖아. 어쨌든 오래달리기에서 일등을 하다니, 우리 손녀딸 최고다, 최고!"

물론 그 이후로 할머니가 공부 못한다고 구박하지 않았던 건 아니다. 하지만 그 이후 학교에서 오래달리기를 할 때, 한 번도 포기한 적이 없었다. 아무리 힘들어도 할머니가 좋아할 것을 생각해서 머릿속이 하얘지더라도 끝까지 달렸다.

그런데 할머니, 지금은 도저히 못 버티겠어…….

"저, 언니, 잠시만 쉬었다 가면 안 될까요?"

보라가 갑자기 걸음을 멈추며 말했다. 보라가 그런 말을 한 건 처음이었다. 나와 다르게 보라는 짜증은커녕 힘들다는 말 한마디 하지 않았다. 그래서인지 미주 언니가 흔쾌히 허락했다.

보라는 바닥에 앉더니, 신발과 양말을 차례로 벗었다.

그 발을 보니, 나도 모르게 인상이 찌푸려졌다. 발가락에서는 계속 피가 나고 있었고, 곳곳에 생긴 물집은 터져서 피와 엉겨 붙어 있었다.

"보라야, 네 발톱…….."

터진 물집이 문제가 아니었다. 보라의 오른발 엄지발톱이 빠질 듯 말 듯 덜렁거렸다.

"발톱은 다시 자라니까 괜찮아. 나도 그랬어."

미주 언니 말에 보라가 억지웃음을 지어 보였다. 나는 조금도 괜찮지 않았다. 나도 양발의 엄지발톱이 조금씩 흔들리고 있었다.

미주 언니가 배낭에서 약과 반창고를 꺼내 보라의 발에 발라 주며 물었다.

"걸을 수 있겠어?"

보라가 고개를 끄덕였다.

"그럼 숙소에 도착해서 쉬자."

미주 언니가 자리에서 일어나며 말했다.

"좀 쉬었다 가면 안 돼요?"

난 언니의 팔을 잡았다. 저 상태의 발로 계속 걷는 것은 무리인 것 같았다.

"이제 한 시간이면 숙소에 도착할 거야. 그 후에 쉬면 돼."

언니는 내 팔을 뿌리치며 얼른 일어나라고 했다. 정말 너무했다. 보라의 발을 보고도 계속 걷자는 소리가 나와?

"씨발, 엿 같아."

"뭐? 이은성, 다시 말해 봐!"

"씨, 발, 엿, 같, 다, 고!"

난 미주 언니가 잘 들으라고 친절하게 한 글자씩 또박또박 말했다.

"너, 말하는 게 그게 뭐야?"

"정말 짜증 나! 다 재수 없어! 모두 너무하다고! 우리도 사람이야. 이렇게 죽도록 걷기만 하라는 게 말이 돼? 힘들어서 도저히 못 걷겠어. 다리도, 어깨도 너무 아파서 도저히 못 걷겠다고!"

난 미주 언니의 얼굴에 대고 악다구니를 쳤다.

"은성 언니, 나 괜찮아. 걸을 수 있어."

보라가 일어서며 말했다.

"이 계집애야, 너도 닥쳐! 착한 척 좀 그만 해. 그러다 쓰러지기라도 하면 어쩔 건데? 이건 말도 안 되는 짓이야! 아주 멍청한 짓이라고!"

도저히 분이 풀리지 않았다. 미주 언니가 나를 똑바로 쳐다보며 말했다.

"그만두고 싶으면 그렇게 해. 지금이라도 돌아갈 수 있어. 그 누구도 너희에게 억지로 도보 여행을 강요하지 않았어. 하겠다고 한 건 너희라고."

"몰랐어요. 이렇게 힘든 건지 몰랐다고요! 이럴 줄 알았으면 안 했을 거야. 뭐 이런 개떡 같은 일이 있어?"

난 바닥에 놓여 있는 배낭을 발로 걷어찼다. 너무 세게 찼는지 발만 아팠다. 되는 일이 하나도 없었다.

"그러면 그만둬. 도저히 못 하겠으면 지금이라도 그만두겠다고 하면 돼. 계속 걷고 안 걷고는 너희가 판단하는 거야. 너희가 선택하는 문제라고. 힘들면 당장 포기해!"

미주 언니는 눈 하나 깜짝하지 않고, 내 눈을 똑바로 쳐다보며 외쳤다. 어떻게 저런 표정을 지으며 포기하란 말을 할 수 있는 거지? 잔인한 마귀할멈 같으니라고.

"그만 좀 해요! 그만두라는 말, 그만 좀 하라고! 누군 걷고 싶어서 걷는 줄 알아요? 우린 어쩔 수 없이 걷고 있는 것뿐이야! 지금 포기하고 한국에 돌아가면 우릴 기다리고 있는 게 뭔지 잘 알잖아요. 알면서 왜 자꾸 그래요? 그 포기하란 말이 우리에게 얼마나 위협적으로 들리는 줄 알아요? 언니가 그 말 할 때마다 숨이 콱콱 막힌다고!"

내가 방방 뛰며 소리치자, 미주 언니는 아무 말도 하지 않았다.

"에잇, 그래, 안 걸으면 되잖아. 나 못 걸어! 안 걸어!"

바닥에 발랑 드러누워 눈을 감았다.

가슴이 답답하고 구토가 나올 것처럼 어지러웠다. 배를 타면 항상 멀미를 심하게 하는데, 꼭 배를 타고 있는 것 같았다.

다 때려치우고 싶다. 차라리 한국으로 돌아가는 게 낫겠다.

재판이 끝나고 소년원에 들어갈 날을 기다리고 있는데, 유지연네 아빠가 어떤 남자와 함께 나를 찾아왔다. 그들은 내게 소년원에 들어가 처벌받는 대신, 실크로드 도보 여행을 하지 않겠느냐고 물었다. 같이 온 남자는 청소년 보호 센터 운영자인데, 그 센터와 검찰이 연대하여 청소년 재활 프로그램을 시행 중이라고 했다. 프랑스에서 비행 청소년들을 처벌하는 대신 도보 여행을 시켰는데 효과가 좋았다는 것이다. 소년원에 다녀온 아이들이 다시 그곳에 들어가게 되는 일이 90퍼센트가 넘었는데, 도보 여행을 한 아이들의 재범 확률은 20퍼센트도 미치지 않았다는 것이다.

그 프로그램을 우리나라에서도 곧 시행할 예정인데, 우선 시범적으로 나한테 참가해 보지 않겠느냐고 권유하는 것이 그들이 나를 찾아온 이유였다. 귀가 솔깃했다. 구치소에서 며칠을 보내면서 답답해 죽을 뻔했는데, 소년원에서 몇 달을 지낼 생각을 하니 끔찍했다. 그래서 난 고민도 하지 않고 '예스'를 외쳤고, 몇 차례 심사 후에 구치소에서 나왔다. 소년원과 실크로드 도보 여행이라니, 그 누가 실크로드 여행을 선택하지 않을까? 하지만 그건 다 실크로드가 어떤 길인지 몰랐을 때의 얘기다.

그동안 나는 미운 놈 떡 하나 더 준다는 속담을 찰떡같이 믿었고, 내가 그 미운 놈인 줄 알았다. 하지만 이 떡은 너무나 맛없어서 더는 먹고 싶지 않았고, 먹은 것마저 다 토해 내고 싶었다.

"포기하라는 말, 널 위협하거나 협박하려고 한 게 절대 아니야. 그렇게 말하면 네가 포기하지 않고 계속 걸을까 봐, 그래서 그런 거야."

마귀할멈이 내 옆으로 왔다. 나는 눈을 감은 채 쳐다보지도 않았다.

"조금 쉬었다 갈래? 대신 조금 늦게 도착할 거야."

언니의 말을 못 들은 체하자, 보라가 대신 알았다고 대답했다.

보라와 미주 언니가 나를 따라 눕는지 부스럭거리는 소리가 났다. 살짝 실눈을 떠 보니, 내 옆에 둘이 나란히 누워 있었다.

늦은 오후여서 그런지 햇볕이 아까보다는 약했다. 가만히 누워 있으니까 바람이 살랑살랑 부는 것도 느껴졌다. 스쳐가는 산들바람이 몸을 간질였다.

"내 여동생도 꼭 너 같았어. 처음에 너처럼 힘들다고 울고불고 난리도 아니었어."

미주 언니가 갑자기 여동생 이야기를 꺼냈다.

"전에 나 여기에 도보 여행 온 적이 있다고 했지? 그때 여동생 이랑 같이 왔었어."

"언니, 여동생 있어요?"

보라가 언니에게 물었다.

"응, 말 진짜 안 듣는 여동생이 있어. 매일 사고만 치는 날라리 여동생."

"왜 동생이랑 여행을 왔어요?"

48

"내가 실크로드 도보 여행을 계획 중이었는데, 마침 그때 동생이 스무 살이 넘도록 아무것도 하지 않고 놀고 있었어. 고등학교도 자퇴해 버린 지 오래고. 그래서 같이 가자고 했지."

"동생이 순순히 간다고 했어요?"

마귀할멈이 억지로 동생을 끌고 가는 모습이 눈에 선했다. 미주 언니랑 함께 여행하면서 얼마나 짜증 났을까? 동생이 너무 불쌍했다.

"처음에는 여행 가자고 하니까 좋다고 따라나서더라. 외국 여행이라고 하니까 멋져 보였나 봐. 하지만 막상 와 보면 그렇지 않잖아."

그럼 그렇지.

"그래서 동생도 끝까지 걸었어요?"

이번에는 내가 물었다. 궁금해서 어쩔 수 없었다.

"응, 끝까지 함께했어."

"어떻게요?"

"처음에는 오기로 버텼겠지. 언니도 하는데 내가 뭘 못하랴 싶어서. 그런데 시간이 지나니까 자기도 모르게 걷고 있었고, 어느새 석 달이란 시간이 흘러가 있더래."

"근데 왜 하필 실크로드였어요?"

나와 보라야 어쩔 수 없이 실크로드를 걷고 있지만, 미주 언니는 스스로 실크로드를 택했다. 도대체 이 길이 뭐가 매력적이라고 두 번씩이나 걷고 있는 걸까?

"어렸을 때 실크로드 상인들에 관한 책을 읽은 적이 있는데, 그후로 여기에 꼭 한번 와 보고 싶었어."

"실크로드 상인들이요?"

"너희들 70일 걷는 것도 힘들다고 난리지? 그런데 실크로드를 처음부터 끝까지 다 걸었던 상인들은 시간이 얼마나 걸렸는 줄 알아?"

"글쎄 한 육 개월?"

"일 년?"

나와 보라는 각각 대답했다. 미주 언니는 고개를 저었다.

"십삼 년이 걸렸대. 물론 실크로드 무역이 중간 교역으로, 중간 기착점에 도착해서 교역을 하고 되돌아오고, 또 다른 사람이 그것을 가지고 더 멀리 가기도 하고 그랬어. 우리가 가는 투루판, 하미, 둔황은 모두 오아시스 도시들로 그런 실크로드 중간 기착점이었어. 하지만 옛날에는 길이 지금처럼 제대로 닦여 있지 않았어. 그래서 길을 걸으면서 도중에 병들거나 길을 잃어 죽은 사람도 많았대."

"정말이요?"

이해가 가지 않았다. 그런 길을 왜 걸었던 걸까? 나 같으면 절대 그러지 않았을 것이다.

"은성이 너, 너 같으면 절대 걷지 않았을 거라고 생각하지?"

"네?"

누가 마귀할멈 아니랄까 봐.

"그 사람들이 그렇게 걸었기 때문에 동양과 서양이 서로 교류할 수 있었던 거야. 실크로드에서는 단순히 비단, 향신료만 오갔던 게 아니야. 의술, 춤, 음악 같은 눈에 보이지 않는 것들도 모두이 길을 통해 오갔어."

"동서양의 문물 교류를 위해 목숨까지 걸고 길을 걸었다고요? 아이고, 위인전에 나오셔야겠네."

나는 입을 비쭉거렸다.

"그들이 과연 무슨 이유 때문에 이 길을 걷는 데 목숨을 바쳤는지는 나도 모르지. 하지만 재미있는 건 긴 여정을 마치고 집에 돌아온 상인들이 또다시 실크로드에 올랐다는 거야. 다시는 실크로드를 걷지 않겠다고 다짐하면서도 낙타 방울 소리를 듣게 되면 무엇에라도 홀린 사람처럼 가족을 두고 또다시 길을 떠났대."

아주 오래전, 실크로드를 걷는 상인들의 모습이 머릿속에 그려졌다. 뜨거운 햇볕 아래, 낙타에 짐을 싣고 하염없이 걷고 있는 그들. 그들은 사막이 두려워 눈물을 흘리기도 하고, 오아시스를 발견하고 환호성을 지르기도 했겠지?

"아, 빨리 명사산에 갔으면 좋겠다."

미주 언니가 더위를 먹었는지, 실실 웃으며 말했다.

"명사산이요? 그게 어딘데요?"

"모래로 만들어진 산이야. 둔황 시내에서 5킬로미터 떨어진 거리에 있어. 난 실크로드 여행에서 거기가 가장 좋았어. 너희도 보면 홀딱 반할 거야. 아마 은성이 너는 명사산에서 타는 모래 썰매가 재미있어서 여기 또 오자고 할지도 몰라."

"재수 없는 소리 하지 마요! 내가 미쳤다고 실크로드에 또 와요?"

난 빽하고 소리를 질렀다.

"어쨌든 이제 그만 쉬고 가자. 오늘 일정이 늦어지면 그만큼 내일 더 많이 걸어야 하는 거 알지? 그러면 조삼모사의 원숭이들이랑 다를 거 하나 없어."

지겨운 잔소리가 또 시작됐다.

"알았어요, 알았어. 근데 벌써 해가 지고 있네요. 오늘은 더 못 걷겠는데요?"

해가 땅으로 떨어지고 있어 더위가 많이 사그라졌다.

"그래, 해 지니까 어쩔 수 없지 뭐. 그런데 이은성, 땡땡이는 오늘뿐이야. 내일부터는 네가 못 걷겠다고 드러누워도 나랑 보라 둘만이라도 걸을 거야."

"맘대로 하세요."

나는 몸을 일으켜 옷에 묻은 먼지를 떨어 냈다. 오늘은 여기서 그만 걷는다는 말을 들으니 몸이 조금 가벼워졌다.

내일부터 갑자기 해가 짧아지면 얼마나 좋을까? 오후 3시만 되면 해가 지는 거다. 그러면 하루 일과를 일찍 마칠 수 있을 텐데.

"이은성, 너 내일부터 해가 짧아지면 좋겠다고 생각했지?"

어유, 저 마귀할멈!

"그런데 어쩌냐? 내일부터 해 더 길어질걸?"

"정말이요?"

"응, 7월부터 본격적으로 여름이 시작되잖아."

"아, 짜증 나."

미주 언니의 얼굴이 더 사악해 보였다. 해가 더 길어진다니…… 으, 모르겠다. 내일 일은 내일 생각하자. 오늘 할 일을 내일로 미루는 것도 나쁘지만, 내일 일을 오늘 미리 생각하는 것도 나쁘다.

누가 그랬느냐고?

바로 나, 이은성의 말씀이다.

길 잃은 아이

　어제저녁, 드디어 우루무치 동쪽 끝에 도착했다. 중국 서북부에 위치한 우루무치 공항에서부터 여기까지 오는 데 꼭 10일이 걸렸다.

　아침 10시가 다 됐는데 미주 언니와 보라는 아직도 꿈나라다. 오늘은 쉬는 날이기에 늦잠을 자도 괜찮다. 그런데 나는 8시에 눈을 떴다. 다시 자려고 한참을 침대에 누워 있었지만, 정신이 더 말똥말똥해졌다. 한 시간가량을 이리저리 뒤척이다가 결국엔 일어났다. 이래서 습관이란 게 무섭다고 하나 보다.

　창문을 여니 아침이라 시원한 바람이 불었다. 하지만 바람과 함께 먼지가 따라 들어와 할 수 없이 다시 창문을 닫았다.

　앗, 이게 뭐야?

잠깐 창틀에 기대고 있는 사이에 옷이 회색으로 변해 있었다. 창틀에 먼지가 그득하게 쌓여 있었던 것이다.

물론 창틀만 지저분한 건 아니었다. 간판에 '선샤인 호텔'이라고 쓰여 있었지만, '호텔'이라고 하는 건 사기에 가깝다. 이름값 못하는 건 이 실크로드뿐만 아니라, 이곳에 있는 호텔들도 마찬가지였다.

이곳의 호텔들은 잡지에 나오는, 하얀 침대 시트에 아늑한 조명, 고풍스러운 탁자, 세련되고 편리한 샤워실을 갖춘 호텔과는 거리가 멀었다. 여기에서는 더럽든 말든 누워서 잘 수 있는 침대와 공용 목욕탕만 갖추면 호텔이라고 이름을 붙였다.

"보라야, 일어나. 벌써 10시야. 그만 일어나, 응? 나 심심하단 말이야."

"은성 언니, 나 너무 피곤해."

보라는 반대쪽으로 몸을 돌리더니 이불을 머리까지 뒤집어썼다. 지지배, 그만 좀 일어나지. 하지만 몸이 약하니까 휴식이 필요할 거다.

보라 같은 애가 왜 이곳에 오게 된 걸까? 몸 약한 건 둘째 치고, 내가 딱 싫어하는 모범생 스타일이다. 귀 뚫은 자국도 없고, 눈썹은 한 번도 밀어 본 적이 없는지 자연스러웠다. 윤이 나는 머리카

락은 염색이나 파마도 한번 해 본 적 없어 보였다. 나는 잦은 탈색과 염색으로 개털이 된 머릿결, 피어싱 때문에 귓볼에 난 구멍, 화장 때문에 망가진 피부. 보라와 달라도 너무 다르다.

미주 언니라도 깨워 볼 생각으로 언니 침대로 가서 가장자리에 앉았다.

자고 있는 언니는 영락없는 마귀할멈이다. 뾰족한 턱에 뾰족한 코, 게다가 모로 누워 자는 모습도 뾰족하다. 마귀할멈 옷을 입혀 놓고, 지팡이만 들게 하면 아주 딱일 텐데.

혹시 미주 언니가 진짜 마귀할멈이고, 나와 보라는 헨젤과 그레텔이 아닐까? 몸에 근육이 붙으면 더 맛있으니까, 우리 몸에 근육을 만들려고 일부러 실크로드를 걷게 하는 건지도……. 길을 다 걷고 나면 우리를 잡아먹을 테니, 그 전에 보라와 힘을 합쳐 불타는 가마솥에 빠뜨려야 한다.

가마솥에서 허우적거리는 미주 언니를 상상하니, 나도 모르게 풋 웃음이 나왔다. 그때 갑자기 미주 언니가 눈을 번쩍 떠서 나와 정면으로 눈이 마주쳤다.

이런, 제길.

얼른 언니 침대에서 일어나 내 침대로 가서 앉았다.

"일찍 일어났네?"

"네."

"웬일이야? 평소에도 좀 그렇게 해라. 일찍 일어나서 걸으면 얼마나 좋아? 아무튼 청개구리가 따로 없다니까. 일어나라고 할 때는 안 일어나고, 쉬라고 하면 일찍부터 일어나고, 청개구리가 너보고 언니, 언니 하고 부를 거다."

"아씨, 짜증 나. 쉬는 날인데 잔소리하는 것도 좀 쉬면 안 돼요? 어떻게 된 게 언니 잔소리는 쉬는 날도 없어."

"요게."

언니가 얼른 내 쪽으로 다가와 머리를 쥐어박았다.

"아씨, 왜 때려요? 내 머리가 동네북이에요? 짜증 나, 정말."

"그 짜증 난다는 소리 좀 안 할 수 없어? 너, 그 말이 아주 입에 뱄어."

언니가 머리를 또 쥐어박으며 말했다. 언젠가부터 잔소리와 꿀밤이 세트가 되었다.

"씻고 올 테니까 보라 좀 깨워. 나가서 아침 겸 점심 먹자."

그 말을 하고 언니는 방을 나갔다.

그런데 내가 왜 언니가 시키는 대로 해야 하지? 게다가 오늘은 쉬는 날인데. 나는 그냥 침대에 발랑 누워 버렸다.

낮잠이 이렇게 달콤한 건지 미처 몰랐다. 아주 달게 잠을 잤다. 기지개를 켜니, 몸이 무척 개운했다.

눈을 뜨고 주변을 바라보았다. 어? 어떻게 된 거지? 방 안에는 아무도 없었다. 침대에서 일어나 여기저기 살펴봐도 미주 언니와 보라는 보이지 않았다.

다행히 배낭은 그대로 있었다. 나만 빼고 둘이 점심을 먹으러 나갔나? 겨우 한 시간 잤을 뿐인데, 그것도 못 기다리고 둘만 가다니……. 미주 언니가 일부러 나를 깨우지 않고, 보라만 데리고 나간 게 틀림없다. 언제나 불만투성이인 나보다 조용하고 말 잘 듣는 보라가 훨씬 더 예쁠 것이다. 하지만 아무리 내가 미워도 밥은 같이 먹어야 하는 거 아닌가? 한국에 돌아가기만 해 봐, 정말 두 배로 복수할 거다.

아니지, 미룰 필요가 있나?

미주 언니의 침대 옆에 언니의 배낭이 놓여 있었다. 난 누가 들어오는 소리를 듣기 위해 귀를 쫑긋 열고 배낭을 열어 화장품 주머니를 꺼냈다. 그 안에는 언니가 애지중지하는 아이크림이 들어 있었다. 언니는 늘어나는 눈가의 주름을 걱정하며, 무슨 일이 있어도 아침저녁으로 아이크림을 꼭 발랐다.

난 아이크림을 꺼내 창가로 가서 창문을 열고 힘껏 던졌다. 땅

바닥에 떨어진 아이크림은 떼굴떼굴 굴러 길가 하수구 속으로 쏙 빠졌다.

그때 복도에서 발소리가 들렸다. 나는 얼른 창문을 닫고 스트레칭을 하고 있는 척했다.

아니나 다를까, 보라와 미주 언니가 문을 열고 들어왔다.

"은성이, 일어났구나?"

미주 언니가 나를 보며 알은척을 했다. 버리고 갈 때는 언제고, 이제 와서 알은척이람? 난 못 본 체하고 스트레칭을 계속했다.

"언니, 화났어? 너무 곤히 자는 것 같아서 깨우지 않았어. 미주 언니가 언니 아침에 일찍 일어난 것 같으니 더 자는 게 좋을 것 같다고 해서."

그러면 그렇지. 역시 미주 언니가 일부러 나를 뺐군.

"진짜야. 네가 너무 곤히 자는 것 같아서 안 깨운 거라고."

거짓말.

"이은성, 그만 삐치고 여기 와서 먹어. 우리도 잠시 나가서 먹을 것만 사 왔어. 설마 너만 빼고 둘이서만 점심 먹고 왔을까 봐?"

슬쩍 쳐다보니 미주 언니와 보라는 종이봉투에서 이것저것 먹을 것을 꺼내고 있었다. 맛있는 냄새가 코를 찔렀다.

"삐치긴 누가 삐쳤다고 그래요? 몸이 뻐근해서 스트레칭 한 건데."

난 음식이 차려진 곳으로 가서 앉았다. 내가 좋아하는 양 꼬치
와 빵 '낭', 야채볶음이 있었다.

낭은 바로 구운 것을 사 왔는지 따뜻했다. 위구르족이 즐겨 먹
는다는 낭은 화덕에 구운 얇은 빵이다. 피자 도우처럼 생겼는데,
토핑으로는 깨만 뿌려져 있었다.

낭을 한입 베어 무니, 고소한 맛이 입 안에 가득했다. 약간 짠맛
이 나면서 쫄깃한 게 아주 맛있었다. 역시 낭은 따뜻할 때 먹어야
제 맛이다.

"은성이, 잘 먹네? 냄새 때문에 못 먹겠다고 난리를 치더니만."

난 못 들은 체하고 낭 위에 야채볶음을 얹었다. 이곳에 오고 처
음엔 향신료 때문에 거의 음식을 먹지 못했다. 하지만 일주일쯤
지나니까 곧 적응이 되었다.

"그런데 보라가 잘 먹지 못해서 어떡하니? 낭만 먹지 말고 꼬치
랑 야채볶음도 좀 먹어 봐. 은성이처럼 잘 먹어야지."

미주 언니가 나를 걸고 넘어졌다. 당하고 있을 수만은 없었다.

"저만 잘 먹나요? 언니가 저보다 두 배 더 잘 먹잖아요. 언니 여
기 와서 살찐 것 같아요."

"진짜?"

언니가 자신의 몸을 여기저기 훑어보며 만지작거렸다. 시집갈 마음은 없다더니, 미용에는 관심이 엄청 많다.

"돼지고기 볶음이 더 맛있었을 텐데, 왜 그거 안 사 왔어요? 돈 아끼려고 그랬죠? 언니 스크루지 영감 같아요."

"얘가 날 이상한 사람으로 모네. 여기 돼지고기 파는 곳이 거의 없단 말이야."

"핑계를 대려면 좀 더 그럴듯한 핑계를 대요. 그게 말이 돼요?"

"이 지역 사람들은 돼지고기를 거의 먹지 않아. 사람들 대부분이 이슬람교를 믿는단 말이야."

"그게 무슨 상관인데요?"

"무슨 상관이라니?"

언니가 나를 이상한 눈으로 쳐다봤다. 이상한 건 내가 아니라 돼지고기를 먹지 않는 사람들이라고요.

"이슬람교는 돼지고기 먹는 걸 금기시하잖아, 몰랐어?"

"모, 모르긴요. 깜빡했어요. 이거 다 먹은 거죠? 1층에 버리고 올게요. 보라야, 가자."

보라를 끌고 방을 나왔다.

"근데 너 이슬람교를 믿는 사람들이 왜 돼지고기를 안 먹는지 알아?"

쓰레기를 버리면서 슬쩍 보라에게 물었다.

"돼지고기가 유목 생활과는 맞지 않아서 이슬람교에서 먹는 걸 금지했대."

"돼지고기랑 유목 생활이 왜 안 맞아? 그리고 이슬람교가 무슨 상관이라고 그걸 금지해?"

점점 더 어려워졌다.

"이슬람교는 유목 생활을 하는 지역에서 생겨났는데, 그런 곳은 돼지를 키울 환경이 아니었거든. 돼지는 젖도 만들지 못하고 먼 거리를 데리고 다니기도 힘들잖아. 그래서 아예 종교적 금기로 정해 둔 거래."

"그렇구나."

보라는 참 아는 게 많은 것 같다. 그런데 보라가 나를 무식하다고 생각하면 어쩌지?

"참, 시장은 어때? 구경할 거 없지?"

화제를 돌리려고 시장 이야기를 꺼냈다.

"아니야, 볼 것 많던데?"

"정말?"

보라가 시장에서 본 것들을 이야기해 주었다. 후져서 시장도 별거 없을 줄 알았는데, 보라 말로는 전혀 그렇지 않았다. 그런 곳을 나만 빼고 구경을 가? 당장 미주 언니한테 가서 따져야지!

"언니!"

서둘러 계단을 올라가 방문을 열고 소리쳤다.

"무슨 일이야? 깜짝 놀랐잖아."

침대에 누워 있던 언니가 벌떡 일어났다.

"치사하게 보라만 시장 구경 시켜 주기예요? 저도 시장에 가고
싶어요."

"오늘 쉬는 날이잖아, 오늘은 그냥 쉬자. 너 매일 힘들다고 징
징거렸잖아."

"잠깐만 구경하고 오면 되잖아요. 언니, 우리 나가요, 네?"

매일 걷다가 가만히 방 안에만 있으려니 좀이 쑤셨다.

"언니, 나가서 구경해요, 네?"

언니를 계속 졸랐다.

"알았어, 나가자."

결국 미주 언니가 손을 들었다.

야호! 난 신나서 편한 옷으로 갈아입었다.

"오늘은 많이 걷지 않아도 되니까 운동화 말고 편한 샌들을 신
어."

야호, 야호! 야호 더블이다. 운동화도 신지 않고 무거운 배낭도

메지 않으니 놀러 가는 기분이 들었다. 평소에 미주 언니는 우리가 조금이라도 쉬거나 구경을 좀 하려고 하면, 거침없이 "우리는 놀러 온 게 아니야."라며 혼냈다. 하지만 시장 구경을 시켜 준다니, 오늘은 마귀할멈을 미워하지 말아야지.

숙소에서 나와 십오 분 정도 걸으니 시장이 나왔다. 여기저기 천막이 쳐져 있고 수십 명의 사람들이 바쁘게 지나갔다. 이곳이 우루무치 외곽이라서 시장도 그리 규모가 크지는 않다고 들었는데 생각했던 것보다 훨씬 크고 좋았다.

시장에는 식료품부터 시작해서 여러 가지 먹거리, 주방 도구, 장식장, 옷, 책, 그림까지 없는 게 없었다.

다시 위구르족 사람들을 보니 여전히 낯설었다. 시장에는 딱 봐서 중국 사람 같은 한족이 반, 위구르족이 반을 차지했다.

위구르족 사람들을 만날 때마다 중국이 아닌 서양에 온 것 같다는 착각이 들었다. 여행 초기에 만났던 식당 아줌마를 시작으로 계속해서 갈색 머리에 파란 눈을 한 서양인들이 보였다. 알고 보니 그들은 이곳 신강 위구르 지역에 살고 있는 위구르족이었다. 서구와 가까워서 그런지 생김새가 서양 사람과 비슷했다.

시장에는 별별 먹을 것을 다 팔았다. 벌레는 물론이고 전갈, 도

마뱀, 자라까지 아주 다양했다.

"우아, 이 나라 사람들은 못 먹는 게 없나 봐요?"

"중국은 날아다니는 것은 비행기 빼고, 네발 달린 것은 책상 빼고 다 먹는다잖아."

"누가 그래요?"

"누가 그러긴? 그거 사람들이 자주 하는 말이잖아, 처음 들어 봐?"

"처음 들어 보긴요!"

난 언니에게 버럭 화를 냈다. 하지만 사실 처음 듣는 말이었다.

그때 갑자기 미주 언니가 멈춰 섰다.

"얘들아, 우리 전갈 튀김 먹자."

우웩, 전갈이라니. 옆을 보니 한 아저씨가 전갈 튀김을 팔고 있었다. 전갈의 크기가 어른 손바닥만 했다.

"딱 하나씩만 먹자."

"싫어요, 징그럽잖아요."

"저도 별로……."

보라와 나는 싫다고 도리질을 쳤다.

"너희 이게 얼마나 맛있는 줄 모르지? 한번 먹어 보면 자꾸 생각난다니까. 겉은 바삭하고 속은 부드러운 게 최고야. 한국에서는 아무리 먹고 싶어도 먹을 수가 없어."

언니는 전갈 튀김에서 눈을 떼지 못했다. 저 징그러운 걸 보면서 입맛을 다시다니, 혹시 나와 보라를 보면서도 몰래 저러는 거 아니야?

전갈 튀김 매대에는 숫자 '2'가 쓰인 종이가 붙어 있었다. 하나에 2위안이라는 뜻인 것 같았다.

미주 언니가 하나만 달라는 뜻으로 집게손가락을 펴 보이며 10위안을 냈다. 아저씨가 튀김 하나를 꼬치에 꽂아서 거스름돈과 함께 주었다. 그런데 이상하게도 거스름돈은 5위안뿐이었다. 분명 2위안이라고 적혀 있는데, 왜 그것밖에 안 주는 거지?

미주 언니가 중국어로 뭐라고 이야기하니, 그제야 아저씨는 3위안을 건네주었다.

"우리가 외국인이라서 일부러 돈을 적게 거슬러 준 거야. 외국을 여행하다 보면 이런 경우가 자주 있어."

미주 언니가 별일 아니라는 듯 말했다. 하지만 나는 마치 자신이 선심 쓰는 듯한 아저씨의 표정이 너무 기분 나빴다. 이건 완전히 적반하장이다. 눈 뜨고도 코 베어 간다는 세상이 여기에 있을 줄 누가 알았을까.

미주 언니는 전갈 튀김을 손에 들고 애정이 가득한 눈으로 바라보더니, 입에 넣고 아삭아삭 씹었다.

"맛있어요?"

보라가 인상을 잔뜩 찡그리며 물었다.

"그럼, 이게 얼마나 맛있는데. 너희 한입씩 줄까?"

언니가 먹던 것을 우리에게 내밀었다.

"됐어요! 마귀할멈이나 많이 드세요."

난 한 발 물러서며 말했고 보라는 아예 내 등 뒤로 숨었다.

"너희도 시장 구경 왔으니까 너희에게 조금씩 돈을 줄게. 보조 가방 안에 잘 넣어 둬."

언니가 우리에게 50위안씩을 주었다.

"이게 우리나라 돈으로 얼마예요?"

"1위안이 130원이니까 얼마겠어?"

"나 계산하는 거 제일 싫어하는데…… 음, 130 곱하기 50이니 까……."

"6,500원이야. 적은 돈 같지만, 여기에서는 식사 한 끼에 10위 안 정도밖에 하지 않으니까 결코 적은 돈이 아니야."

언니는 중국어로 '얼마예요?' 가 '뚜어치엔?' 이라고 알려 주었다. 그 외에도 몇 마디 더 알려 줬지만, 나는 '뚜어치엔?' 과 비싸다는 뜻의 '타이꾸러!' 만 외웠다.

"뭘 살 때면 딱 맞게 돈을 내서 되도록 거스름돈 없게 해. 너희는 중국말 거의 못하니까 아까처럼 바가지 쓸 일이 더 많을 거야."

"알았어요."

시장을 둘러보다가 화려한 의상을 파는 곳이 눈에 들어왔다. 나와 보라는 신나서 그곳으로 달려갔다.

가까이 가 보니 옷이 너무 예뻤다. 위구르족 전통 의상이라는데, 벨리댄스 의상이랑 비슷했다. 벨리댄스가 주로 이슬람 여성들이 추는 춤이라서 옷도 비슷한 것 같다고 보라가 말했다. 장신구가 많이 달려 있고 색깔도 알록달록해서 입으면 더 예쁠 것 같았다.

우리는 아예 가게 안으로 들어가 이 옷 저 옷을 구경했다.

"보라야, 우리 이거 하나씩 사자."

"응, 좋아."

나는 빨간 원피스를 골랐다. 은색 장신구가 달려 있어 그 화려함이 더했다.

"뚜어치엔?"

아까 배운 말로 물어보니 점원이 계산기를 가져와 '70'을 눌러 보여 주었다. 70위안이면 얼마지? 9,000원 정도인가?

"타이꾸러!"

그러자 점원은 다시 계산기에 50을 쳐서 보여 줬다. 혹시나 했는데 역시 통했다. 50위안이라니, 생각했던 것보다 쌌다. 마침 언니에게 받은 돈하고도 딱 맞았다.

어느새 미주 언니가 우리 곁으로 다가와서 말했다.

"너희 그 옷 사지 마."

"왜요? 오늘은 마음껏 구경하고, 돈도 마음대로 쓰라고 줬잖아요."

"너희, 지금도 배낭이 무거워서 끙끙거리잖아. 사고 싶은 걸 다 사서 들고 다니면 움직이지도 못할걸?"

"하지만 입고 싶단 말이에요."

"아직 우리가 가야 할 길은 한참 남았어. 당장 필요한 물건이 아니면 짐밖에 되지 않잖아."

"그렇긴 하지만……."

나와 보라는 아쉬움에 옷을 계속 만지작거렸다.

"여행 끝나면 그때 사 줄게."

미주 언니가 우리를 달랬지만 지금 같아서는 과연 여행을 제대로 끝낼 수 있을지 모르겠다.

"대신 과일 사 먹자."

"과일이요?"

"그래. 여기 과일 엄청 맛있어."

"치, 과일이 맛있어 봤자지 뭐. 그리고 저 과일 싫어해요."

미주 언니는 내 말을 무시하고 옷 가게를 나와 과일 파는 곳으로 갔다.

그곳에서는 포도, 복숭아, 멜론, 대추, 배, 사과 등 아주 다양한 종류의 과일을 팔고 있었다.

"하미과랑 청포도 먹자."

언니는 가게 주인과 흥정을 하더니, 멜론처럼 생긴 과일 한 개랑 청포도를 두 봉지나 샀다. 이 많은 걸 어떻게 다 먹으려고 그러는지 이해가 되지 않았다.

"자, 먹어 봐."

언니가 내미는 청포도를 한 알 따서 입에 넣었다. 껍질이 얇아서 껍질째 먹어도 되었고 씨도 없었다. 과즙이 흘러 입 안을 온통 적셨다. 한국에서 먹던 것과는 비교가 되지 않을 정도로 달았다. 여기는 햇볕이 강하고 날씨가 건조하여 과일이 아주 달다고 했다. 날씨가 더운 게 꼭 나쁘지만은 않은 것 같았다.

"그런데 저 길쭉한 건 뭐예요?"

처음 보는 과일이었다. 멜론과 수박을 합쳐 놓은 것처럼 생겼는데, 그것들과는 달리 모양이 아주 길쭉했다.

"이게 하미과야. 이것도 여기에서 먹고 가자."

언니가 보조 가방에서 휴대용 칼을 꺼내, 하미과를 수박처럼 넓적하게 썰어 우리에게 하나씩 주었다. 먹어 보니 멜론과 비슷한 맛인데, 훨씬 달고 수박만큼 과즙이 풍부했다. 이름이 '하미과'라서 앞으로 우리가 가게 될 '하미'가 원산지인 줄 알았는데, 그게 아니었다.

미주 언니 말이, 옛날에 이 과일을 맛있게 먹은 왕이 신하한테 어디서 난 것이냐고 묻자 잘 모르는 신하가 대충 '하미에서 온 것 같습니다.'라고 해서 이름이 하미과가 되었다고 했다. 하지만 사실은 하미가 아니라 '선선'이란 지역에서 처음 난 과일이라는 것이다.

"이게 다 중국산인 거죠?"

"그렇지."

"중국산도 신선하고 맛만 좋네요 뭐."

중국산은 무조건 질이 좋지 않다고 생각했는데, 여기에 있는 과일과 채소는 대부분 좋아 보였다.

"중국산이 나쁜 게 아니라 우리나라로 건너오면서 화학 약품 처리를 해서 문제가 되는 거야. 중국 농산물이 신선하고 좋은 게 얼마나 많은데?"

미주 언니는 말하는 도중에도 쉬지 않고 먹어 댔다. 언니가 다 먹어 버릴까 봐 나도 서둘렀다.

한국에 있을 때는 할머니가 아무리 뭐라고 해도 과일을 잘 먹지 않았다. 과일을 좋아했던 할머니는 그것을 좀처럼 먹지 않는 나와 엄마에게 매일 잔소리했다. 과일을 많이 먹어야 피부가 좋아진다면서 말이다. 하지만 나는 할머니가 입에 넣어 주어야 마지못해 먹었고, 그것마저도 먹기 싫다고 도망 다니기 일쑤였다. 그런데 지금은 나 혼자 벌써 포도 한 송이를 다 먹고, 잘라 놓은 하미과를 다섯 개도 넘게 먹었다. 할머니가 보았다면 아주 기특하다고 칭찬했을 것이다.

시장은 생각했던 것보다 컸고 반갑게도 담배를 파는 가게가 있었다. 미주 언니만 없었어도 살 수 있는 건데, 도저히 방법이 없었다.

여기 온 이후로 담배를 한 대도 피지 못했다. 담뱃갑을 안 봤으면 모르겠는데 보고 나니, 담배가 자꾸 눈에서 아른거리며 떠날 줄을 몰랐다.

"여기서 우리 잠깐 쉬었다 가면 안 돼요?"

시장 구경을 한 지 두 시간이 훌쩍 넘었다. 미주 언니와 보라도 지쳤는지 내 의견에 찬성했다.

73

우리는 사람들이 덜 지나는 곳에 자리를 잡고 앉았다. 미주 언니는 노트를 꺼내 뭔가를 적었고, 보라도 노트만 한 크기의 스케치북을 꺼내 그림을 그리기 시작했다.

잠시 쉬는 척하다가 미주 언니에게 다가갔다.

"계속 앉아만 있으니까 지루해요. 보라는 그림 그리고, 언니는 노트에 메모하니까 심심한 줄 모르겠죠. 하지만 나는 아무것도 할 게 없잖아요. 혼자서 잠깐 구경 좀 하다 올게요, 네?"

"안 돼, 너 여기 길도 모르잖아."

"한 바퀴 돌아봤잖아요. 내가 어린아이도 아니고, 설마 여길 못 찾아올까 봐서 그래요?"

"처음 와 본 곳이라 쉽게 길 잃어버릴 수 있어."

"저 길눈 되게 밝아요. 벌써 다 외웠는걸요? 금방 돌아보고 올게요, 네?"

언니가 안 된다고 계속 고개를 저었다. 하지만 꼭 '혼자서' 구경하고 싶은 나는 언니의 팔을 잡고 늘어졌다.

"알았어, 그만 해. 그러면 삼십 분 뒤에 여기에서 만나자. 멀리 가지 말고 주변만 둘러봐야 해, 알았지?"

"두말하면 잔소리죠. 금방 올게요!"

역시 이럴 때 난 머리가 잘 돌아갔다. 공부 머리는 없었지만 잔

머리는 최고였다.

아까 봐 둔 가게에 들어가 담배를 하나 집었다. 라이터가 보이지 않아 가게 아줌마에게 어떻게 설명할까 고민하다가, 담배 끝에 불붙이는 시늉을 했다. 그러자 아줌마가 성냥을 하나 던져 주었다. 말 그대로 건네주는 것이 아니라, 정말 던졌다. 순간 울컥하고 화가 치밀었다. 하지만 중국 사람들은 물건을 잘 던진다는 미주 언니의 말이 생각나서 참았다.

가게를 나와 미주 언니와 보라가 있는 곳에서 최대한 멀리 떨어지게 걸었다. 잠시 후 성냥으로 담배에 불을 붙이고 한 모금 길게 담배 연기를 빨아들였다. 오랜만에 피는 담배라서 그런지 더 맛이 좋았다. 머리가 몽롱해지면서 마음이 차분해졌다.

담배를 처음 배운 건 엄마한테서였다. 엄마는 종종 베란다에 숨어서 담배를 피웠다. 나는 중학교 1학년 때 집에 아무도 없자, 엄마 핸드백 속에서 담배를 꺼내 피웠다. 처음 필 때는 숨이 막혀 답답했지만 차츰 괜찮아졌다.

한밤중에 잠에서 깨서 화장실에 가려고 나와 보면, 엄마는 어김없이 베란다에 쪼그려 앉은 채 담배를 피우고 있었다. 엄마는 넋이 나간 사람처럼 하염없이 먼 하늘을 바라보기도 했다. 담배

연기를 한 모금 빨아들이고 내뱉을 때, 엄마의 숨소리는 유난히 길었다.

엄마는 요즘도 담배를 피우겠지? 할머니와 내가 없으니, 이제 더 이상 숨어서 피우지 않아도 될 것이다.

중국 담배는 한국 담배보다 더 텁텁하고 매웠다. 하지만 이게 어디인가? 한자리에서 연거푸 세 개비를 피웠다. 나머지는 가지고 가서 미주 언니 몰래 피울 생각이었다.

시계를 보니, 미주 언니와 약속한 삼십 분이 지나 있었다.

서둘러 만나기로 했던 장소를 찾아가 보았지만, 아무리 걸어도 그곳이 나타나지 않았다. 분명 과일 파는 가게 앞이었고 주위에 약재를 파는 가게도 있었는데 나오지 않았다. 시장을 몇 바퀴나 돌았는데도 찾을 수가 없었다.

이를 어쩌지? 사람들에게 물어볼까? 하지만 내가 말할 수 있는 중국어라고는 '뚜어치엔?' 과 '타이꾸러!' 밖에 없었다. 게다가 위구르어는 아예 하나도 몰랐다.

그렇다면 영어로는 뭐라고 하지? '과일 가게가 어디예요?' 를 어떻게 말하더라? '어디예요?' 가 '웨얼 이즈' 였던 것 같다. 그러면 과일은 뭐지? 아, '후루츠' 다. 그래, 후루츠야, 후루츠!

나는 가장 마음씨 좋게 생긴 아줌마를 불러 세웠다.

"웨얼 이즈 후루츠 샵?"

그런데 아줌마는 내 질문에는 답하지 않고, 오히려 중국말로 내게 뭘 물었다. 과일이 후루츠가 아닌가? 분명 과일 통조림을 '후루츠 칵테일'이라고 했던 것 같은데……

순간 미주 언니의 휴대전화 생각이 났다. 미주 언니는 한국의 센터와 연락을 취하기 위해 중국 휴대전화를 가지고 다녔다. 난 공중전화를 찾아 달렸다. 하지만 곧 언니의 전화번호를 외우지 못한다는 것을 깨달았다. 언니가 알려 주긴 했지만 대강 들었고, 게다가 난 숫자에 약했다.

주변 사람들의 시선이 모두 내게로 쏟아지는 것 같았다. 내가 길 잃은 외국인이라는 걸 알면 사람들이 무슨 짓을 할지 알 수 없었다. 칼을 들이대며 돈 내놓으라고 할 수도 있고, 잡아가서 앵벌이 짓을 시키다가 말을 듣지 않으면……. 해외에서 변사체로 발견된 어느 배낭 여행객에 대한 뉴스가 떠올랐다.

당황하지 말자, 이은성. 외국인으로 보이면 안 돼.

속마음을 숨기고 여유로운 듯 살짝 미소를 지었다. 하지만 생각만큼 잘 되지 않았다.

해가 지고 있는지 하늘이 점점 붉게 변했다. 어두워지면 더 찾기 힘들 텐데 어떻게 하지? 아무리 주변을 둘러봐도 과일 가게는 보이지 않았다.

무작정 길을 걷다 보니, 아까 전갈 튀김을 사 먹었던 곳이 나왔다. 그 옆에 가서 아무렇지 않은 듯 서 있었다. 제발 미주 언니와 보라가 이곳을 지나가야 할 텐데…….

혹시 나를 버리고 간 건 아니겠지? 아니다. 미주 언니와 보라가 그랬을 리는 없다. 아니, 어쩌면 그랬을지도 몰라. 내가 매일 힘들다고 짜증 내고, 다리 아프다고 투정 부려서 미웠을 거야…….

내가 아주 어렸을 때 지금처럼 길을 잃어버린 적이 있었다. 엄마랑 둘이 놀이동산에 놀러 갔을 때였다. 엄마가 아이스크림을 사 주고는 화장실에 다녀오겠다며 잠깐만 벤치에 앉아 있으라고 했다.

내 아이스크림을 다 먹고, 엄마의 아이스크림이 녹기 시작해서 엄마 것도 먹기 시작했다. 하지만 그것마저 다 먹은 후에도 엄마는 오지 않았다.

너무 심심해서 지나가는 사람들의 숫자를 세었다. 한 명, 두 명, 세 명, 네 명, 다섯 명, 여섯 명, 일곱 명……. 그땐 일곱까지밖에 셀 줄 몰랐다. 일곱을 백 번도 넘게 세었지만 엄마는 오지 않았다.

'엄마가 길을 잃은 건 아닐까? 그래서 날 찾아오지 못하는 거야. 내가 엄마를 찾으러 가야 해. 하지만 엄마가 아무 데도 가지 말고 가만히 벤치에 앉아 있으라고 했잖아.'

한참을 고민하다가 일어났다. 하지만 아무리 돌아다녀도 화장실은 나오지 않았고, 같은 자리만 맴돌았다. 어떻게 해야 할지 몰라 회전목마 앞에 가만히 서 있는데, 안내원이 나를 발견했다.

"꼬마야, 왜 여기 혼자 있어? 엄마 잃어버렸니?"

안내원은 나를 미아보호소에 데려다 주었다. 그곳에는 다른 아이들도 여러 명 있었다. 엄마를 잃어버렸다며 엉엉 우는 아이, 그냥 멍하게 앉아 있는 아이, 제집인 줄 알고 쿨쿨 자는 아이.

안내원은 나에게 이름과 나이, 주소를 물었다.

"신수동에서 온 여섯 살 난 이은성 여자 아이가 미아보호소에 있습니다. 부모님께서는 미아보호소에 오셔서 아이를 데려가시기 바랍니다."

아이들의 부모가 와서 한 명씩 아이들을 데리고 갔고, 마지막엔 나 혼자 남게 되었다. 놀이동산 문이 닫을 때까지 엄마는 나타나지 않았다.

"너 혹시 집 전화번호 아니?"

"네, 잠시만요."

할머니가 사 준 팔찌에 전화번호가 적혀 있었다. 하지만 옷소매를 걷어 보니 손목에 팔찌가 없었다.

'맞다. 엄마가 놀이동산에 가기 전에 목욕해야 한다며 팔찌를 빼 줬지.'

나는 전화번호를 기억하지 못한다고 고개를 설레설레 젓기만 했다.

안내원들은 나와 시계를 번갈아 쳐다봤다.

"혹시 쟤 부모도 그런 것 아냐?"

"조용히 해. 애가 듣겠어."

"그래도 애가 울지도 않고 기특하네."

사실 시곗바늘이 '6'을 넘어 '7'로 넘어갔을 때는 울 뻔했다. 하지만 시간이 더 지나고 이제 집에 들어가도 어차피 만화영화 「세일러문」이 끝났을 거라고 생각하니, 그다지 슬프지 않았다. 이미 시곗바늘은 '11'을 넘어서고 있었다.

오늘 세일러문은 어떤 활약을 펼쳤을까 생각하고 있을 때 드디어 할머니가 미아보호소로 들어섰다. 할머니는 드라마를 볼 때처럼 눈물을 찔끔거리면서 나를 안았다.

"하나님 아버지, 감사합니다. 이게 다 내 탓이지. 아가, 미안하다, 할머니가 미안해."

너무 졸려 세일러문은 어떻게 되었는지, 왜 엄마 대신 할머니가 왔는지, 어떻게 내가 여기 있는 걸 알았는지 묻지 못했다. 하도 할머니가 하나님네 아버지한테 감사하기에, 하나님이라는 애 아버지가 내가 여기 있는 걸 가르쳐 줬나 보다 생각하고, 할머니 품에 안겨 바로 잠들었다.

침을 꿀꺽 삼켰다. 눈물이 주르륵 흘러내렸다. 얼른 손으로 눈물을 닦았다. 울면 안 돼. 사람들이 내가 우는 것을 보면 이상하게 여길 거야. 나는 아랫입술을 꽉 깨물었다.

그때 누군가 내 이름을 불렀다. 분명 내 이름이었다. 눈을 크게 뜨고 보니, 보라와 미주 언니가 내 쪽으로 뛰어오고 있었다.

순간 다리에 힘이 풀려, 나도 모르게 바닥에 주저앉아 버렸다.

"어디 갔었어? 널 혼자 가게 내버려 둔 내가 바보지. 내가 너 때문에 못산다, 못살아. 다음부터는 단독 행동 절대 금지야! 얼른 일어나, 이은성!"

그런데 힘이 없어서 도저히 일어날 수가 없었다.

"왜 그래? 못 일어나겠어?"

고개를 끄덕였다. 미주 언니와 보라가 나를 일으켜 주었다. 결국 난 부축을 받으며 간신히 숙소로 돌아올 수 있었다.

미주 언니는 약을 사 와야겠다며 다시 나갔다.

"근데 보라야, 마귀할멈 화 많이 냈니?"

"화내긴, 언니 못 찾을까 봐 얼마나 걱정했는데."

보라는 시장에서 나를 찾아 헤맨 이야기를 해 주며 미주 언니가 걱정 많이 했다고 몇 번을 강조했다.

"자기 책임이 될까 봐 그랬겠지……."

"응?"

"아니야, 아무것도."

막 잠들려고 하는데, 미주 언니가 나를 깨우더니 약을 내밀었다. 염소 똥처럼 생긴 약은 맛도 꼭 똥 같았다.

"이거 혹시 염소 똥 아니에요?"

"헛소리하지 말고, 꿀꺽 삼키기나 해."

언니가 머리를 쥐어박은 후 이 약은 한약이라고 했다. 그래, 아무리 내가 큰 잘못을 했어도 염소 똥을 주지는 않겠지.

다시 침대에 누워 있는데, 언니가 혹시 담배를 피우지 않았느냐고 물었다. 귀신이 따로 없었다.

"담배는 무슨 담배요? 생사람 잡고 있어. 왕짜증이라니까!"

"너한테 담배 냄새 나는 것 같은데?"

"이거 땀 냄새예요. 땀 냄새랑 담배 냄새도 구별 못해요? 완전 웃겨."

하지만 언니는 내 말을 못 믿는 눈치였다. 아까 몰래 담뱃갑을 버리길 잘한 것 같았다.

"참, 은성이 너 내 휴대전화 번호 확실하게 외워 둬. 어떻게 그걸 못 외워서 전화를 못 걸었냐?"

난 보조 가방에서 노트를 꺼내 언니가 부르는 휴대전화 번호를 적었다. 보라도 따라 하는 것을 보니 아직 외우지 못한 것 같았다.

"그런데 너, 오늘 이탈 처리 될 뻔했던 거 알지?"

미주 언니가 짐을 챙기면서 말했다. 인솔자에게서 벗어나 두 시간이 넘으면 이탈 처리가 되는데, 다행히 그 전에 미주 언니를 만난 것이었다.

"사실은 너 도망간 줄 알고 나 엄청 놀랐어."

"도망이요?"

"그래, 너 힘들다고, 걷기 싫다고 매일 그랬잖아. 그래서 도망 갔을 거라고 생각했지."

"도망간 애들도 있어요?"

침대에서 몸을 일으키며 언니에게 물었다.

"있어. 너희가 센터 주최 도보 여행을 하고 있는 다섯 번째 팀인데, 그중에서 한 팀만 끝까지 마쳤고, 나머지 세 팀은 여행이 중단되었어. 한 팀은 중간에 포기했고, 두 팀의 애들이 여행 도중에 도망치는 바람에 난리가 났었잖아."

미주 언니는 생각도 하기 싫다는 표정을 지으며 말했다.

"그 애들은 어떻게 됐어요? 금방 잡혔어요?"

자는 줄 알았던 보라가 언제 일어났는지 언니에게 물었다.

"당연히 잡혔지. 걔네는 더 이상 도보 여행을 할 수 없게 되었어. 아주 간 큰 녀석들이었지. 여기가 어디라고 도망을 쳐, 안 그래?"

그 말을 하는 언니의 눈은 '너희 그랬다간 죽어.' 라고 경고하고 있었다.

"애들이, 도망치고 끝까지 안 나타나면 어떻게 돼요?"

"찾아내야지."

"아무리 애써도 찾지 못하면요? 여긴 땅도 넓어서 찾기 힘들잖아요. 그러면 그냥 두고 한국에 돌아가요?"

보라는 뭐가 그렇게 궁금한지 꼬치꼬치 캐물었다.

"야, 너 그러지 마. 그렇게 되면 나 완전 끝이야."

언니가 화들짝 놀라며 소리를 질렀다.

"그냥…… 궁금해서 물어본 거예요."

"그래, 설마 보라 네가 도망을 치겠어? 은성이라면 또 모를까."

"언니!"

언니가 또 나를 걸고 넘어졌다. 언니를 곤란하게 만들기 위해 확 도망이라도 쳐 버릴까 싶었다. 하지만 그렇게 되면 내가 더 곤란하다. 길을 잃은 후 두 시간 동안 말이 통하지 않아 죽을 맛이었다. 이런 곳에서 도망을 치는 것보다 더 미친 짓은 없을 것 같았다.

"저, 화장실 좀 갔다 올게요."

보라가 급하게 문을 열고 나갔다. 잘 먹지 못해서 계속 변비에 시달리더니 드디어 소식이 왔나?

"근데 은성이 너, 아까 울었지?"

미주 언니가 시비를 걸었다.

"제가 언제요?"

"우리 못 찾을까 봐 울었던 거지?"

"웃겨, 정말. 울긴 누가 울었다고 그래요?"

난 딱 잡아뗐다. 울었다고 하면 미주 언니가 두고두고 나를 놀려 먹을 거다.

"평일엔 못 걷겠다고 길바닥에 드러눕지를 않나, 휴일엔 길 잃어버려서 헤매질 않나, 정말 너 같은 사고뭉치는 처음 본다. 한국에 돌아가면 제발 사고 좀 그만 치고 얌전하게 지내, 알겠어?"

언니는 또 잔소리를 했다.

"언니도 한국에 가서 제발 시집 좀 가요. 더 늦으면 데리고 갈

남자도 없을 거예요. 하긴 뭐 지금도 많이 늦었지만."

말을 하자마자 이불을 머리까지 뒤집어썼다. 맞지 않기 위해서였다. 하지만 아무 소식이 없었다.

이불을 살짝 걷어 보니, 언니는 자기 침대에 앉아 화장품을 바르는 중이었다. 로션을 바르던 언니는 무엇을 찾는지 화장품 주머니를 계속 뒤졌다.

아이크림을 찾고 있는 중인 것 같았다. 모른 척하고 다시 이불을 뒤집어썼다.

백날 찾아봐라, 그게 나오나.

사람은 다 다르고 다 똑같아

우루무치를 벗어나 투루판에 도착한 지 2주가 넘었다. 오늘이 벌써 여행을 시작한 지 25일째로, 이제까지 400킬로미터를 조금 넘게 걸었다.

투루판은 세계에서 두 번째로 낮은 분지라 날씨가 무척이나 더웠다. 열기 때문에 땅에서 아지랑이가 피어오르는 게 눈으로 보일 정도였다. 계란을 깨뜨리면 금방 지글지글거리며 계란 프라이가 될 것 같았다. 하지만 계란이 문제가 아니었다. 계란이 익기 전에 내 몸이 먼저 익을 것 같았다. 얇은 긴팔 옷도 뜨거운 태양을 다 가려 주지는 못했다. 이곳은 심할 때는 기온이 최고 오십 도까지 올라간다고 했다.

더운 것도 더운 거였지만, 심하게 건조했다. 걷는 곳마다 식물은 다 말라죽었고, 땅이 거북이 등껍질처럼 쩍쩍 갈라져 물 좀 달라고 애원하고 있었다. 강수량이 15밀리미터밖에 안 되고, 그에 비해 증발량이 3,000밀리미터나 된다니 어쩔 수 없을 것이다.

여기에서 온전하게 살고 있는 것은 낙타풀밖에 없었다. 낙타풀은 줄기에 가시 같은 작고 뾰족한 잎이 마구 나 있는 풀로 가시덩굴처럼 얽혀 있었다. 어딜 가나 눈에 띄는 낙타풀 때문에 상인들이 마음 놓고 낙타에 짐을 싣고 다녔다고 한다. 하지만 낙타풀은 온통 가시 천지다. 이 풀을 먹으면서 낙타의 입이 얼마나 아팠을까? 안 그래도 등에 난 혹 때문에 못생겨서 억울할 텐데, 먹는 것마저 가시 천지라니 낙타가 너무 불쌍했다.

"미주 구리다, 오늘 얼마나 더 걸어야 해요?"

"은성이 너, 그렇게 부르지 말라고 했지?"

또 꿀밤 세례다.

"에이, 짜증 나, 왜 때려요? 때리지 말라고 했잖아요. 그리고 미주 구리다가 그렇게 부르라면서요? 미주 구리다!"

"부르려면 미주 구리라고 하지 미주 구리다가 뭐야? 하여튼 더이상 그렇게 부르지 마!"

며칠 전 미주 언니는 위구르족 사람들은 여자 이름 뒤에 꽃이라는 뜻의 '구리' 를 붙여 부른다며, 여기 있는 동안에는 서로 '은성 구리', '보라 구리', '미주 구리'라고 부르자고 했다. 하지만 구리라니, 너무 웃겼다. 잘못 들으면 미주 구리는 '미주는 구리 다'가 되었다.

"싫어요. 내 마음대로 부를 거예요. 미주 구리다, 미주 구리다, 미주는 왕 구리다!"

"하지 말래도!"

언니가 주먹으로 머리를 세게 쳤다. 풍파여고 짱의 머리를 심 심하면 때리는 사람은 미주 언니밖에 없을 거다.

"아이씨, 왜 자꾸 때려요? 안 그래도 나쁜 머리, 더 나빠진단 말 이에요!"

마귀할멈을 무릎 꿇리고 실컷 머리를 때려 줄 수 있다면 얼마 나 좋을까? 으, 일단 아이크림을 생각하며 참자. 오늘 아침에도 미 주 언니는 아이크림이 없어졌다고 툴툴거렸다.

길에 가득 찬 모래 먼지 때문에 계속 기침이 나왔다. 어느 만화 에선가 봤던 먼지 귀신이 당장에라도 튀어나올 것 같았다. 동쪽으 로 갈수록 누리끼리한 모래 먼지가 더 많아졌다.

하지만 흙 길을 걷는 것이 나쁘지만은 않았다. 아스팔트 길 외 에는 걸어 본 적이 거의 없었기 때문에 잘 몰랐었다. 아스팔트 길 을 걷는 것과 흙 길을 걷는 것은 확실히 달랐다. 흙 길은 딱딱하지 않고 걸을 때 사각사각 소리가 나면서 땅의 느낌이 발에 고스란히 전해졌다.

이제 조금씩 걷는 일에 익숙해지고 있었다. 처음에는 너무나도 고통스러워서 몇 번씩 그만두려고 했다. 햇볕이 쨍쨍 내리쬐는 길을 일고여덟 시간씩 걷다 보면 머릿속이 하얘지고, 두통, 복통, 근육통 등으로 안 아픈 데가 없었다. 이렇게 힘들 바에는 차라리 포기하고 돌아가는 것이 더 낫겠다는 생각도 많이 했다.

보라에게 그만두는 게 어떻겠느냐고 슬쩍 물어본 적이 있었다. 보라는 계속 걷겠다고 했다. 나보다 더 힘들어 하던 보라였는데 의아했다. 나보다 어리고 몸도 약한 보라도 그러는데, 내가 포기한다면 너무 자존심 상할 것 같았다.

그런데 내가 끝까지 한 게 뭐가 있지? 공부? 그건 일찌감치 담을 쌓았다. 피아노? 별로 잘 치지 못했다. 잘하는 게 없기에 끝까지 한 것도 없다. 내가 잘할 수 있는 일이 과연 있을까? 학교에서는 공부만 잘하면 뭐든 다 잘하는 걸로 통했다. 마찬가지로 공부를 못하면 뭐든 다 못하는 게 되었다.

"보라야, 너는 그림 잘 그려서 좋겠다."

"아니야, 잘 그리긴 뭘."

어젯밤에 보라가 씻으러 간 사이, 미주 언니와 함께 보라의 스케치북을 훔쳐봤다. 보라는 평소에 창피하다며 스케치북을 잘 보여 주지 않았다. 하지만 우리는 깜짝 놀랐다. 실제 만화가가 그린 게 아닐까 하는 착각이 들 정도로 수준급 만화들이 그려져 있었던 것이다. 보라가 들어올까 봐 자세히 보지는 못했지만, 그림이 너무 예쁘고 독특했다. 위구르족 소년이 주인공인 이야기인데, 소년을 꽃미남으로 잘 그렸고, 위구르족이 입는 옷과 장신구도 그대로 표현해 냈다.

"넌 만화가가 되면 좋을 것 같아. 그림 그리는 것도 좋아하고, 잘 그리기도 하니까."

그림에 재능 있는 보라가 부러웠다.

"나 별로 그림 그리는 거 좋아하지 않아. 심심해서 그리는 것뿐이야."

보라는 나를 쳐다보지도 않고 뚱한 목소리로 말했다.

"보라 너, 공부 잘하는구나? 공부 잘하면 할 수 있는 게 많으니까."

"아니야, 나 공부 못해."

"학교 공부만 잘한다고 다인가? 넌 그림 잘 그리니까 그쪽으로 가면 되잖아."

"그냥 그리는 것뿐이야. 만화 같은 건 다 쓸데없는 거야. 한심

한 사람들이나 하는 거란 말이야."

보라가 입을 삐죽거렸다.

"한심한 사람들? 아니야, 보라 너, 만화가 천계영 몰라? 만화 『오디션』 그린 사람."

갑자기 미주 언니가 끼어들었다.

"어라? 미주 구리다가 천계영을 다 알아요? 아줌마라 모를 줄 알았는데."

보라 대신 내가 대답했다.

"이은성, 아줌마라니? 시집도 안 간 처녀한테."

"꼭 결혼해야만 아줌마인가? 아줌마 나이면 아줌마인 거지."

진실을 말한 대가로 머리를 한 대 얻어맞았다. 역시 진실로 가는 길은 멀고도 험하다.

"몰라요. 전 그딴 거에 관심 없어요."

보라는 미주 언니의 말을 듣는 둥 마는 둥 했다.

"그 사람 다른 공부 했는데, 만화가 좋아서 뒤늦게 만화가가 된 거야. 『오디션』으로 얼마나 유명해지고 돈도 많이 벌었는데."

"유치해요. 전 그런 거에 관심 없다니까요?"

보라는 톡 쏘아붙이고는, 급한 볼일이 있는 사람처럼 서둘러 걸었다.

미주 언니는 당황하여 순간 아무 말도 하지 못했다.

"쟤, 보라 맞니?"

"보라도 이제 언니 잔소리를 참지 않으려나 보죠."

나는 혀를 쏙 내밀고 보라 뒤를 따랐다.

아직 해가 지려면 한참이나 남았는데 미주 언니가 오늘은 여기까지만 걷자고 했다.

"웬일이에요? 일찍 끝나는 날도 다 있고."

"더 가면 숙소가 없거든. 대신 내일은 오늘 못 걸은 만큼 더 많이 걸을 거야."

"그럼 그렇지, 마귀할멈이 웬일로 선심을 다 쓰나 했어."

보라 귀에 대고 속삭였다. 그러자 보라도 그렇다고 고개를 끄덕였다.

"너희 둘, 뭐라는 거야?"

"아무것도 아니에요. 아줌마는 모르셔도 돼요.'"

"이은성, 너!"

여관은 아직 정리가 안 됐다며, 한 시간 뒤에 다시 오라고 했다. 미주 언니는 그사이에 저녁을 먹자고 했다.

"'배낭은 여기에 맡기고 가면 안 돼요?"

그동안만이라도 무거운 배낭을 내려놓고 싶었다.

"안 그래도 물어봤는데, 그냥 로비 아무 데나 놓고 가라고 하잖아. 그러면 잃어버릴 수 있단 말이야."

할 수 없이 배낭을 다시 멨다.

우리는 한족이 운영하는 중국 식당을 찾았다. 점심으로 양고기를 먹었기 때문에 저녁은 위구르 음식이 아닌 다른 것을 먹기로 했다.

식당에 들어가 자장면 세 그릇과 물만두를 시켰다. 중국에도 자장면이 있었다. 우리나라 자장면은 춘장에 여러 가지 야채와 고기를 볶아 만든 걸쭉한 소스를 면에 부어 만드는데, 중국 자장면은 고기와 야채 볶은 것을 면 위에 올리고 거기에 춘장을 넣어서 비벼 먹는 것이었다. 그래서 우리나라 자장면과 중국 자장면은 맛이 다르다.

한국에서 자장면을 먹던 기억이 났다. 엄마는 자장면이라면 사족을 못 쓰고 심지어 내 것까지 뺏어 먹어 할머니한테 혼나곤 했다. 간혹 혼자 자장 라면을 끓여 먹는 것을 보고 할머니는 엄마에게 제발 철 좀 들라고 했다. 그럴 때마다 엄마는 알았다고 대답했지만, 할머니 말이 엄마 오른쪽 귀로 들어갔다가 그대로 왼쪽 귀로 흘러나오는 것이 보였다.

"근데 은성아, 너 왜 오이를 안 먹어?"

미주 언니와 보라는 오이를 춘장에 찍어 아삭아삭 깨물어 먹고 있었다. 여기에서는 춘장에 찍어 먹으라고 식사 때마다 자주 오이가 나왔다.

"맞아, 은성 언니 오이 먹는 거 한 번도 못 봤어."

보라도 이상하다는 듯 말했다.

"그냥 먹기 싫어요."

"왜? 혹시 알러지 있어?"

"아뇨. 그냥 어렸을 때부터 안 먹었어요."

"그럼 한번 먹어 봐. 오이에 수분이 많아서 수분 보충용으로 아주 좋아."

"배불러요."

"야, 이건 살도 안 쪄."

아무리 살이 안 찌는 거라도 많이 먹으면 살찌기 마련이다. 할머니도 그렇게 말하면서 과일을 엄청 먹어 댔는데, 너무 많이 먹어서 그런지 뚱뚱했다.

"미주 구리다나 많이 먹고 살 빼세요."

역시나 언니가 나를 째려보며 주먹을 들어 올렸다.

"알았어요, 이제 그렇게 안 부를게요."

"웬일이니? 철드는 거야?"

쳇, 철이라니, 이제 슬슬 재미가 없어져서 그만두는 거였다.

나와 미주 언니는 자장면 한 그릇을 다 비웠지만, 보라는 반도 넘게 남겼다. 입맛이 없는 모양인지 계속 오이만 씹었다.

"보라야, 컵라면이라도 먹을래?"

식당을 나오면서 미주 언니가 물었다. 보라는 한국 컵라면은 잘 먹었다.

우리는 식당 근처에 있는 슈퍼마켓에 들어갔다. 대형 슈퍼마켓이 아니라 한국 컵라면이 없을까 봐 걱정했는데, 다행히 팔고 있었다.

라면을 계산대에 올려놓고 언니가 계산하기를 기다리며 다른 물건들을 구경했다. 전부 한자로 적혀 있어서 읽지는 못했지만, 겉모양을 보면 대충 어떤 건지 알 수 있었다.

나는 건포도가 있는 곳으로 갔다. 투루판의 포도는 종류도 많고 맛이 좋기로 유명한데, 그래서인지 건포도 역시 맛이 아주 좋았다. 건포도는 엄지손가락 굵기만 한 것에서부터 깨알만 한 것까지 종류가 매우 다양했다.

"혹시 너희들, 내 보조 가방 못 봤어?"

계산대에서 미주 언니가 다급하게 우리를 불렀다.

"가방이 없어졌어!"

우리는 그쪽으로 뛰어갔다. 언니는 어깨에 배낭만을 메고 있을 뿐, 보조 가방은 들고 있지 않았다. 나와 보라의 보조 가방에는 물과 간식, 손수건 같은 사소한 것들이 들어 있지만, 미주 언니의 보조 가방에는 우리의 여권과 여행 경비가 모두 들어 있었다.

"이제 우리 어떡해요? 아유, 난 몰라."

난 바로 투덜댔다. 돈 없으면 앞으로 밥은 뭘로 사 먹지? 잠은 어디서 자고? 여권이 없으면 한국에 못 돌아가는 거 아니야?

"언니, 잘 생각해 봐요. 혹시 식당에서 계산하고 배낭에 넣은 거 아니에요?"

보라가 침착한 목소리로 말했다.

"그런가?"

미주 언니가 배낭을 열어 짐을 다 꺼냈다. 하지만 보조 가방은 나오지 않았다. 언니는 당황해서 어쩔 줄 몰라 했다.

"아까 식당에서 계산을 하고 분명히 어깨에 멨어."

"그러면 슈퍼 아줌마한테 혹시 우리가 들어올 때 가방을 메고 있었는지 기억하느냐고 물어봐요."

언니의 질문에 아줌마는 고개를 설레설레 저을 뿐이었다.

"그럼 다시 식당으로 가 봐요. 계산을 하고 식당에 놓고 왔을 수도 있고 슈퍼로 오는 길에 떨어뜨렸을 수도 있잖아요."

우리는 슈퍼 밖으로 나왔다. 하지만 식당까지 가면서 길바닥을 찬찬히 살펴보았지만, 가방은 어디에서도 보이지 않았다.

우리는 식당으로 들어가 주인에게 보조 가방을 보지 못했느냐고 물었다. 하지만 주인아저씨는 그런 건 보지도 못했다고 딱 잘라 말했다. 중요한 거니까 잘 찾아봐 달라고 해도 별 반응이 없었다.

"혹시 소매치기 당한 거 아니에요?"

"아니야, 슈퍼까지 가는 길에 마주친 사람이 없었잖아."

미주 언니는 주인아저씨를 붙잡고 가방의 모양을 설명하기 시작했다. 그때 갑자기 보라가 내 팔을 꼬집더니 귀에 대고 조용히 말했다.

"언니, 이상해. 주방 안쪽에 옷걸이 보여? 거기에 미주 언니 가방이랑 똑같은 게 있어."

"뭐?"

주방 안을 들여다보았다. 옷걸이에 미주 언니의 가방과 똑같은 주황색 가방이 걸려 있는 것이 보였다. 자세히 보니 가방에 센터 배지도 달려 있었다. 언니의 가방이 확실했다.

"내가 가서 몰래 가져올게."

"주방에도 사람이 있는 거 같은데, 괜찮겠어?"

"응, 들키지 않게 할게."

보라는 나와 계속 대화하는 척하면서 미주 언니에게 말했다.

"언니, 주방에 언니 가방이 있어요. 제가 살짝 들어가서 가져올 테니까, 주인아저씨랑 계속 얘기해요."

미주 언니는 주인아저씨와 이야기하는데 정신이 팔린 나머지, 보라의 말을 듣지 못했다.

"미주 구리다! 내 말 좀 들어 봐요!"

순간 언니가 나를 째려봤다. 하지만 이번엔 내가 부른 게 아니라고요! 나는 팔을 내저으며 보라를 가리켰다.

"언니, 우리 쳐다보지 말고 아저씨와 계속 대화해요. 주방에 언니 가방이 있으니 제가 살짝 가서 가져올게요."

미주 언니는 그제서야 알아들었는지 배낭에서 종이와 펜을 꺼내 주인아저씨에게 가방을 그려 보이며 설명했다.

그사이 보라가 주방으로 들어갔다. 난 주인아저씨가 주방 입구를 보지 못하도록 아저씨 오른쪽에 바짝 다가섰다.

보라가 돌아오기 전에 언니의 그림 설명이 다 끝났다. 그리고 주인아저씨가 주방 안쪽으로 고개를 돌리려고 했다.

"뚜어치엔?"

그때 나도 모르게 이 말이 튀어나왔다. 주인아저씨가 이상한 눈으로 날 쳐다봤다. 느닷없이 뚜어치엔이라니……. 하지만 생각나는 중국어가 그것밖에 없었다.

미주 구리다, 어떻게 좀 해 줘요!

언니가 다시 종이에 그림을 그리기 시작했고, 그 사이에 보라가 도착했다. 보라는 내게 눈을 찡긋했다.

"언니, 저 왔어요. 얼른 가요."

이번에도 보라는 나와 이야기하는 척하면서 미주 언니에게 말했다.

언니는 아저씨에게 뭐라고 한마디했고, 우리는 서둘러 가게에서 나왔다. 그리고 죽을힘을 다해 뛰었다. 잡히면 안 된다는 생각으로 뛰니 이상하게 몸이 가벼웠다.

여관 앞에 도착해서야 뛰는 걸 멈췄다. 서로 땀에 젖은 얼굴을 보니 웃음이 나왔다.

다행히 돈과 여권은 가방에 그대로 들어 있었다. 만약 보라가 주방에 걸려 있는 가방을 보지 못했으면 어떻게 됐을까? 생각만 해도 끔찍했다.

"씻고 나서 슈퍼마켓에 가자. 아까 사지 못했던 컵라면 사 와야지."

미주 언니가 침대에서 일어서며 말했다.

"근데 식당 주인아저씨 너무한 거 아니에요? 우리가 외국인 여행자인 걸 뻔히 알았을 텐데 어떻게 그럴 수 있지? 중국 사람들 너무 나쁘다니깐."

가방을 찾아서 다행이긴 하지만, 화가 났다. 게다가 외국인 처지라 경찰에 신고를 할 수도 없어 더 억울했다.

"맞아, 중국 사람들 너무 못됐어. 우리가 놓고 간 가방을 돌려주지 않고 못 봤다고 하다니."

보라도 내 말에 동의했다.

"중국 사람이라고 다 나쁘겠니? 너희 그런 소리 하지 마."

갑자기 미주 언니가 화를 냈다. 왜 그러는지 몰랐지만 우리는 입을 다물 수밖에 없었다.

"어? 이상하네."

그런데 이번에는 우리의 배낭이 전부 보이지 않았다. 귀신이 곡할 노릇이었다. 정말 우리가 가방 귀신에라도 홀린 건가?

곰곰이 생각해 보니, 우리는 배낭을 메고 여관에 온 것이 아니었다. 어쩐지 여관까지 뛰어오는 길에 몸이 너무 가볍다 했다.

보조 가방을 찾으러 갔다가 식당에 배낭을 놓고 온 걸까? 아니면 아예 처음부터 식당에 배낭과 보조 가방을 모두 놓고 왔나?

"슈퍼마켓이요! 슈퍼마켓에 맡겼잖아요."

보라가 큰 소리로 외쳤다. 식당으로 보조 가방을 찾으러 가면서 배낭이 무거워 슈퍼마켓에 맡겼던 게 생각났다. 하지만 그렇다 해도 문제이긴 마찬가지였다.

"이은성, 뭐해? 슈퍼마켓에 가 봐야지!"

침대에 앉아 일어날 생각을 하지 않자, 미주 언니가 재촉했다.

"가도 소용없어요. 가나 마나예요."

"왜?"

"슈퍼마켓 아줌마도 딱 잡아뗄 게 분명해요. 그 아줌마도 우리 배낭을 꿀꺽할 거라고요. 중국 사람들은 다 그럴 거예요."

"너, 쓸데없는 소리 하지 말고, 얼른 일어서!"

미주 언니가 소리를 질렀다. 언니는 중국인한테 한번 당하고도 아직도 정신을 못 차렸다.

서둘러 슈퍼마켓으로 갔지만, 아니나 다를까 문은 굳게 닫혀 있었다. 혹시나 해서 문을 두드려 보았지만 아무런 반응이 없었다. 슈퍼마켓 아줌마가 일부러 일찍 문을 닫고 사라져 버린 게 틀림없다. 내일은 아예 가게를 열지도 않겠지? 아니, 열더라도 누구처럼 배낭을 못 봤다고 딱 잡아뗴면 그만이었다.

"난 몰라. 이제 어떻게 할 거예요? 내 이럴 줄 알았다니까. 완전

재수야, 재수!"

슈퍼마켓 문을 발로 걷어찼다. 그렇다고 분이 풀리지는 않았다. 배낭에는 옷과 선크림, 친구 미선이와 신정이가 여행하면서 보라고 준 편지와 할머니의 유품인 십자가 목걸이까지 나의 모든 것이 들어 있었다.

우리는 슈퍼마켓 앞에서 삼십 분이 넘게 앉아 있었다. 하지만 아무도 오지 않았다. 결국 미주 언니가 여관으로 돌아가자고 했다.

"배낭과 옷은 다시 사자. 여행에 필요한 건 여기에서도 구할 수 있어."

"그럼 뭐 해요? 내 십자가 목걸이랑 편지는 없잖아요! 아이씨, 이게 뭐야? 짜증 나, 정말."

"이은성, 지금 네 배낭만 없어진 게 아니잖아! 나와 보라도 잃어버렸어."

"그게 나랑 무슨 상관이에요?"

"너, 왜 그렇게 이기적이야? 왜 네 가방만 생각해? 우리는 뭐 그게 중요하지 않아서 가만히 있는 줄 알아?"

"재수 없어. 이게 다 누구 때문인데요? 언니 때문에 생긴 일이 잖아요. 언니가 보조 가방을 식당에 놓고 오지만 않았어도 이런 일은 없었어요. 그러니까 언니가 책임져요!"

"그래, 알았어. 내가 책임질게, 책임지면 되잖아!"

언니는 씩씩거리며 여관 쪽으로 혼자 걸어갔다. 재수 없는 마귀
할멈 같으니라고. 마귀할멈 따위, 가마솥에나 확 던져 버렸으면!

잠이 막 들려는 찰나에 방문을 두드리는 소리가 났다. 문 앞에
는 카운터에 있던 아저씨가 서 있었다.

"잠깐 나갔다 올 테니까, 문 잠그고 있어."

미주 언니가 급하게 옷을 챙겨 입고 아저씨를 따라 나갔다.

십 분쯤 지났을까, 누군가 문을 두드렸다. 우리는 누구냐는 말
을 중국어로 어떻게 할지 몰라 서로 쳐다보며 멀뚱히 앉아 있었
다. 잠시 후 미주 언니의 목소리가 들렸다.

"나야, 문 열어."

언니의 손에는 우리의 배낭이 전부 들려 있었다.

"우아, 어떻게 된 거예요?"

나와 보라는 언니에게서 배낭을 받아 들었다.

"경찰이 찾아 준 거예요? 그런데 우리 경찰서에 신고도 안 했잖
아요."

보라가 배낭을 안은 채 물었다.

"아니야, 슈퍼마켓 아줌마가 가져다준 거야."

"슈퍼마켓 아줌마가요?"

"그러기에 사람 쉽게 의심하지 말라고 했지?"

언니가 나와 보라를 흘겨봤다.

"그런데 아줌마가 우리 숙소를 어떻게 알았대요? 아까 언니가 말했어요?"

"아니, 아줌마는 영업시간이 끝날 때까지 우리를 기다렸대. 하지만 아무리 기다려도 오지 않아서 우리가 길을 몰라 찾아오지 못하는 거라고 생각했대."

"그래서요?"

"남편이랑 둘이 배낭을 들고 근처 여관을 돌아다니면서 한국인 여행객을 찾았다더라."

"일일이요?"

"그래, 그렇게 두 시간을 넘게 헤맨 끝에 이 여관을 찾아낸 거야."

가방을 열어 보니, 우리의 물건이 고스란히 들어 있었다. 내심 아줌마 욕을 엄청 많이 했는데 너무 미안했다.

언젠가 텔레비전에서 우리나라로 여행 온 외국인이 소매치기를 당해 한국 사람을 통째로 욕하는 것을 들은 적이 있었다. 그때 난 너무 억울했다. 어떻게 소매치기 한 명 때문에 한국 사람을 모두 욕할 수 있는지 이해할 수 없었다. 하지만 나도 그 외국인과 하나도 다를 게 없었다.

우리나라 사람 중에 좋은 사람도 있고 나쁜 사람도 있듯이, 중국도 마찬가지일 것이다. 어느 나라나 사람은 다 다르고 다 똑같은 것이다.

불을 끄고 침대에 누웠다. 자다가 깨서 그런지 쉽게 잠이 오지 않았다. 오늘 하루는 정말 정신없었다. 가방을 모두 잃어버렸지만, 보라의 기지와 슈퍼마켓 아줌마의 친절로 모두 되찾았다. 기적이었다.

새벽 늦게야 잠들어 얼굴이 팅팅 부었다. 미주 언니는 꼭 호빵 같다며 놀렸다.

우리는 어제 그 슈퍼마켓 아줌마에게 감사 인사도 하고 물도 살 겸 슈퍼마켓에 들렀다. 이제 보니, 아줌마가 너무 착하게 생기셨다. 푸근한 인상이 우리 할머니랑 비슷했다.

나와 보라의 감사 인사를 미주 언니가 중국어로 통역해서 전해주었다. 아줌마는 우리에게 즐거운 여행이 되기를 바란다고 했다. 즐거운 여행이라니, 우리가 살인적인 도보 여행을 하고 있는 걸 모르는 것 같았다. 우리는 그저 웃으면서 감사하다고 "쒜쒜."를 연발하며 슈퍼에서 나왔다.

"은성이 너, 교회 다녀?"

"아뇨."

"근데 웬 십자가 목걸이?"

"아, 이거 할머니 거예요."

미주 언니가 내 목에 걸린 십자가 목걸이를 보며 물었다. 목걸이는 할머니 유품인데, 십자가가 너무 커서 가방에만 넣고 다녔다. 교회도 다니지 않는데 십자가 목걸이를 하는 게 어색하기도 했다. 하지만 오늘 아침에 또 가방을 잃어버릴지 모른다는 두려움에 목에 걸었다.

"할머니가 교회 다니셨나 봐?"

"네."

할머니처럼 교회를 열심히 다니는 사람을 본 적이 없었다. 심지어 할머니는 모든 것을 교회와 연관해서 생각했다. 할머니는 한 번도 내게 아빠에 대해 이야기해 주지 않았다. 어쩌다가 아빠 이야기가 나오면, 아빠는 그냥 없어도 된다고만 했다. 차라리 외국에 있다거나 내가 태어나기 전에 죽었다고 했으면 더 좋았을걸 그랬다. 그냥 '없어도 된다' 가 뭐야? 그래도 내가 계속 왜 없느냐고 물으면 할머니는 대답했다. "하나님 아버지가 계시는데 뭘 더 바라니?" 라고.

"우이씨, 그럼 예수님이 내 형제야?"

"그렇지, 하나님 안에서 우린 모두 형제자매란다."

할머니가 그렇게 나오면 더 이상 할 말이 없었다. 그나마 할머니가 엄마를 동정녀 마리아라고 우기지 않은 게 다행이라면 다행이었다.

가끔 말도 안 되는 소리를 하고 교회 안 나간다고 매일 잔소리했던 할머니지만 나는 할머니가 정말 좋았다. 엄마보다 더 편했고, 더 친했다. 할머니도 그랬을 거다. 날마다 화내고 신경질만 부리는 엄마는 우리의 '공공의 적' 이었다. 엄마는 나랑 싸우는 것도 모자라 할머니와도 싸웠다. 엄마는 툭하면 우리에게 시비를 걸었다. 그것도 나를 핑계 삼아 말이다.

내게 제대로 된 관심 한번 보이지 않았던 엄마는 할머니가 내일에 신경을 쓰려고 하면, "은성인 내 딸이니까 더 이상 은성이 일에 끼어들지 마." 라고 했고, 할머니는 엄마에게 "넌 어려서 아무것도 몰라." 라며 나를 품에 안았다. 가끔 큰이모가 엄마 편을 들어주면, 엄마의 기세가 아주 등등해졌다. 큰이모는 할머니가 아직도 엄마를 애 취급한다고 뭐라고 했다. 아무리 늦둥이 딸이지만 할머니가 너무한다는 거였다. 하지만 내가 보기엔 큰이모도 만만치 않았다. 큰이모는 나이 서른이 다 된 수창 오빠에게 아직도 이래라저래라 간섭했다. 할머니나 큰이모나 다를 게 하나도 없었다.

엄마는 잘 있을까?

나도 모르게 엄마 생각을 해 버렸다. 길을 걷다 보니 별별 생각이 다 났다. 쳇, 내가 엄마 걱정을 다 하고……. 얼마나 더우면 엄마 생각까지 하는지 모르겠다. 머리를 흔들었다.

"근데 보라야, 어제 어떻게 가방 가지고 나온 거야? 주방에 있던 사람들한테 안 들켰어?"

보라 옆에 바짝 붙어 서며 물었다.

"주방에 들어가서 화장실 찾는 척했어. 그러니까 사람들이 저쪽으로 가라고 가리키더라."

보라가 수줍게 웃으며 대답했다.

"그래서?"

"다시 나오면서 얼른 빼 왔지."

"우아, 너 정말 대단하다. 난 가슴 떨려서 못 했을 거야. 보라너, 다시 봐야겠어."

"사실…… 나 여러 번 훔쳐 봤어."

"응?"

깜짝 놀라 보라를 쳐다보았다. 여러 번 훔쳐 보았다니, 무슨 말이지?

보라는 쭈뼛거리며 자기가 여기에 오게 된 건 도둑질 때문이었다고 했다. 보라의 갑작스러운 고백에 당황스러웠다.

"난 애들 때려서 왔어."

내가 할 수 있는 것이라고는 같이 고백하는 것밖에 없었다. 난 보라가 무안하지 않게, 웃으며 내 죄명을 이야기했다. 보라는 아무 대꾸도 하지 않았다.

"나 17대 1로 싸워 본 적도 있어. 내가 우리 학교 짱이거든. 물론 내가 17쪽이었지만, 푸하하."

농담까지 했다. 그런데 보라는 반응이 없었다.

"야, 너 왜 그래?"

고개를 돌리니 보라가 매서운 눈길로 나를 쳐다보고 있었다.

"언니, 그것 때문에 여기 온 거였어?"

"응, 그런데?"

보라가 왜 화를 내는 건지 알 수가 없었다. 난 보라가 도둑질로 왔던, 폭력으로 왔던 아무 상관 없었다.

"너, 눈으로 레이저도 쏘겠는데? 대체 왜 그래?"

보라 팔에 팔짱을 끼며 말했다.

"건들지 마!"

보라가 내 팔을 뿌리치며 소리쳤다. 소리가 너무 컸는지, 뒤에 있던 미주 언니가 무슨 일이냐고 물었다.

"야, 너 왜 그래? 장난 그만 해."

난 웃으며 말했지만, 뭔가 이상했다. 장난이 아닌 듯했다.

"내가 가장 경멸하는 게 언니 같은 인간들이야. 남 때리고 미안한 줄 모르고 오히려 자랑스러워하는 악마 같은 인간들. 내가 아는 애들 중에도 언니 같은 애가 있어."

보라는 계속해서 고양이 눈을 한 채 나를 노려보았다. 기가 막혀, 기껏 자기 생각해서 창피한 것도 무릅쓰고 말한 건데, 뭐라고?

"야, 똥 묻은 개가 겨 묻은 개 나무란다고, 너나 나나 모두 잘못해서 여기 온 건 마찬가지 아니야? 때리는 것만 나쁘고, 남의 물건 훔치는 건 안 나빠?"

하지만 보라는 그 말에 대꾸하지 않고 걸어갔다. 여행을 하면서 보라와 친해질 수 있을 거라고 생각했는데, 그 생각은 취소다. 자기 잘못은 생각하지 못하고, 왜 내 잘못만 나쁘다고 하는 건지 완전 웃기는 짬뽕이다.

"너희 왜 그래?"

미주 언니가 뒤쫓아 와 내게 물었다. 그거야말로 내가 묻고 싶은 거였다.

도대체 나한테 왜 그러는 거야?

주먹이 운다

오늘은 이른 아침부터 햇볕이 더 강하게 느껴졌다. 땀을 뻘뻘 흘리며 걷고 있는데, 지나가던 버스가 우리 옆에 멈춰 섰다. 버스 기사 아저씨가 창문을 내리고 미주 언니와 몇 마디 나누더니 이내 버스는 다시 출발했다.

"이은성, 오늘은 무슨 일인지 왜 안 물어봐?"

"뻔하잖아요."

처음에는 궁금해서 꼬치꼬치 물었다. 하지만 이제 내 입만 아프다.

"어디까지 가느냐고 묻잖아. 그래서 고창고성에 간다고 하니까 버스도 거기까지 간다고 하더라고."

아무 대꾸도 하지 않았다. 그다음에 언니가 무슨 말을 할지 알고 있었다.

"하지만 내가 괜찮다고 했어."

"아주 잘하셨습니다."

언니 얼굴에 대고 박수 치는 시늉을 해 보였다.

40일 가까이 이름값도 못하는 이 실크로드를 걸으면서 별별 일이 다 있었다. 한번은 지나가던 경찰이 우리가 도둑을 맞은 거라고 생각하여 자세히 물은 적도 있었다. 또 중국인 할머니가 우리를 불쌍히 여겨 빵 한 봉지를 주고 가기도 했다.

다시 길을 걸었다. 이번엔 웬 오토바이 한 대가 우리 옆에 멈춰섰다. 오토바이 주인은 길가에 오토바이를 세워 놓고 바닥에 앉았다. 알록달록한 깃발이 꽂혀 있는 오토바이 뒤에는 네모난 박스가실려 있었다.

"너희 아이스크림 먹을래?"

미주 언니가 약 올리려고 아주 작정을 한 것 같았다. 이 허허벌판에 가게가 있을 리 만무한데 아이스크림이라니 나는 아무 대꾸도 안 했다. 하지만 보라는 고개를 끄덕였다. 어유, 저 바보 같은 계집애. 미주 언니가 장난치는 것도 모르나? 보라에게 한마디 할까 했지만, 보라의 고양이 눈이 무서워 그만두었다. 요즘 보라는 내가 말을 걸면 대꾸는커녕, 무조건 고양이 눈을 하고 경계했다.

그런 지 벌써 열흘이 넘었다. 처음에는 너무 답답해서 왜 그러는 건지 따져 묻고 화도 냈지만 보라는 아예 내 말을 무시하고 아무 대답도 하지 않았다.

미주 언니가 보라를 데리고 오토바이 주인에게 다가가 말을 걸었다. 아저씨는 오토바이 뒤에 실린 박스를 열고 뭔가를 꺼내더니 언니에게 건넸다.

앗, 아이스크림이다!

"은성이, 넌 안 먹는다며. 이게 바로 위구르식 아이스크림이야. 여기 사람들은 이걸 '마로지' 라고 불러."

언니가 내 머리에 꿀밤을 한 대 먹이더니 아이스크림을 한 개 더 사서 내게 주었다.

'마로지' 는 나무 막대기에 과일 맛 나는 얼음이 달린 아이스바였다. 빙수에 싸구려 색소를 뿌리면 이 맛이 날 것 같았다. 할머니는 내가 아이스크림을 먹을 때마다, 어깨에 상자를 메고 아이스크림을 팔러 다녔다는 아이스께끼 장수 이야기를 해 주었다. 우리나라도 70년대까지 사람들이 아이스크림을 팔러 다녔다고 했다.

이런 곳에서 차가운 아이스크림을 먹게 될 줄 상상도 하지 못했다. 그런데 더욱 놀라운 건 이곳 아이스크림이 전 세계 모든 아이스크림의 원조라는 사실이었다. 마르코 폴로가 13세기에 이곳을 여행했을 때, 사람들이 과일즙으로 맛을 낸 얼음을 먹는 걸 보고 그 제조법을 『동방견문록』에 남겼고, 그 기록을 본 이탈리아 상인들이 아이스크림을 만들어 팔기 시작했다는 것이다. 난 도시가 낙후되어 있어서 무조건 서양보다 못할 거라고 생각했는데, 의외로 여기에서 시작되어 서양에 전해진 게 많다는 것을 알았다.

아침부터 서둘러 걸었기 때문에 해가 지기 전에 고창고성에 도착했다. 투루판의 고창고성은 옛날 고창국 수도 때 만들어진 흙으로 된 성벽으로, 원래는 그 규모가 어마어마했다고 한다. 지금은 성벽 반 이상이 무너져 내렸고, 나머지 반도 곧 무너질 것만 같았다. 튼튼하게 돌로 만들었다면 좋았겠지만, 여기가 흙이 많은 지역이라서 흙으로 성을 지었다고 했다. 만약 이곳에 비가 자주 왔다면, 성벽은 지금 흔적조차 없었을 것이다.

난 성벽을 돌면서 주먹으로 벽을 쿵 때렸다. 성벽이 얼마나 단단한지 궁금했다.

"이은성, 뭐 하는 거야? 함부로 만지면 안 돼! 여기 문화재라고!"

미주 언니가 언제 봤는지, 조르르 달려와서 소리쳤다. 그런데 하지 말라고 하니 더 하고 싶어졌다.

미주 언니가 안 보는 틈을 타서 다시 한 번 성벽을 슬쩍 건드려 보았다. 이번에도 끄덕하지 않았다. 보기보다 꽤 튼튼한 것 같았다.

고창고성이 유명한 곳인지 관광객들이 꽤 많았다. 서양인에서부터 우리나라 사람으로 보이는 이들까지 다양한 나라 사람들이 구경을 하고 있었다. 우리 또래의 여학생들도 보였다. 혹시 우리나라 학생들이 아닐까 싶어 계속 살펴봤는데 말하는 것을 들으니 일본 학생들이었다.

고성을 한 바퀴 다 돌았을 즈음, 미주 언니가 잠시 화장실에 다녀올 테니 사고 치지 말고 그늘에 가서 가만히 앉아 있으라고 했다. 그러고는 급한지 서둘러 뛰어갔다.

그늘 쪽을 보니 사람들이 많이 모여 있었다. 햇볕이 강해 날씨가 덥지만, 습도가 높지 않아서 그늘에 있으면 덥다는 생각이 별로 들지 않았다.

"야, 저기 가서 쉬자."

보라가 또 내 말을 못 들은 척했다.

"저기 가서 쉬자니까?"

삐리삐리. 또다시 투명인간으로 변신할 시간이 됐다. 보라는 계속 나를 투명인간 취급했다. 말을 걸어도 못 들은 척하고 쳐다

117

보지도 않았다.

보라가 요 며칠 더 이상해졌다. 나 때문인지 툭하면 넋 놓고 딴 생각을 해서 미주 언니에게도 몇 번 주의를 들었다.

그늘로 가는 중에 보라가 일본 여학생 한 명과 부딪쳤다. 보라는 무척 당황해하며 미안하다고 고개를 숙여 사과했다. 좀 지나칠 정도였다.

저 계집애, 왜 저러는 거야?

보라는 잔뜩 주눅이 들어 겁먹은 표정이었다. 일부러 그런 것도 아니고 서로 딴 곳을 보다가 우연히 부딪친 것 뿐이었다. 보라의 잘못이 절대 아니다. 그런데도 보라가 순전히 자기 잘못인 것처럼 행동하니까, 보라와 부딪친 여학생뿐만 아니라 다른 아이들까지 보라를 쳐다보곤 픽 웃으며 지나갔다.

"후유."

보라는 그늘에 앉자마자 한숨을 쉬었다.

"야, 너 괜찮냐?"

보라는 아무 대꾸도 하지 않았다. 어쩌면 나는 아메바인 듯했다. 보라에게 신경도 안 쓰고 말도 안 걸겠다고 하고, 번번이 말을 걸어 무시당하다니. 지금부터는 정말 그러지 말아야지.

난 바닥에 앉자마자 다리 마사지를 시작했다. 가끔 다리를 주

물러 주지 않으면 근육이 뭉쳐 쉽게 쥐가 났다. 곧 신발을 벗어 발이랑 팔과 어깨도 주물렀다.

뻣뻣한 근육이 풀리면서 몸이 조금 시원해졌다. 주위를 지나가던 사람들이 나를 이상한 눈으로 쳐다보았다. 어린 애가 왜 저러냐고 생각하겠지? 하지만 하루에 20킬로미터를 넘게, 그것도 매일 걷다 보면 아무리 젊고 체력이 좋은 사람이라고 해도 이럴 수밖에 없을 거다.

일본인 관광객 무리가 점점 우리 곁으로 다가왔다. 그들은 단체로 패키지여행을 온 것 같았다. 가이드 한 명이 일본어로 설명하고, 열 명이 조금 넘는 사람들이 모여 그것을 들었다.

잠시 후, 일본인 관광객들에게 자유 시간이 주어졌는지 뿔뿔이 흩어지는 모습이 보였다.

미주 언니는 한참이 지났는데도 돌아오지 않고 있었다. 언니가 어제 저녁을 많이 먹긴 했다. 양고기 바비큐를 보라 몫까지 먹어 치우고, 국수 한 그릇도 뚝딱 해치웠다.

그때 아까 봤던 일본인 여학생 둘이 우리 곁으로 다가왔다. 그늘에서 쉬려는 것 같았다.

그런데 갑자기 그중 한 여학생이 앉아 있는 보라의 엉덩이를 발로 세게 차고는 쌩하고 지나갔다.

"아악."

너무 세게 맞았는지, 보라가 크게 신음을 했다. 하지만 그 여학생은 보라를 힐끔 보더니 사과도 하지 않고 그냥 가 버렸다. 옆 공간도 많은데, 왜 좁은 그늘까지 와서 나와 보라 옆을 지나갔는지 모르겠다. 이상한 애였다.

"괜찮아?"

여전히 보라는 내 말을 못 들은 척했다. 하지만 꽤 아파 보였다.

"야, 너 괜찮냐고?"

난 보라의 팔을 잡고 흔들면서 물었다.

"언니 일 아니니까 신경 꺼."

보라가 내 팔을 떼어 내며, 야멸치게 쏘아붙였다. 재수 없는 계집애 같으니라고. 누가 신경 쓰고 싶어서 그런가? 왜 바보같이 맞고도 가만히 있는 거야? 나 같으면 당장 화냈을 텐데.

그런데 이번에는 다른 일본 여학생이 보라의 엉덩이를 발로 차고 지나갔다. 역시 아무런 사과도 하지 않았다.

잠시 후 그들은 뒤돌아 손가락으로 우리를 가리키며 웃었다. 두 번이나 그런 것을 보면, 분명 일부러 그런 거였다. 보라가 어수룩하게 구니까 우습게 보고 장난 치는 것이었다.

보라에게 이럴 땐 어떻게 해야 하는 건지 똑똑히 보여 주고 싶었다. 그러면 보라도 더 이상 나를 무시하지 못할 것 같았다.

난 자리에서 일어나 일본 여학생들에게 갔다. 하지만 '당장 사과해.'를 한국말로 할 수는 없었다.

"왓 아유 두잉 나우?"

당장 떠오르는 말은 이 말밖에 없었다. 캐나다에서 온 원어민 영어 선생이 내게 가장 많이 했던 말이다. 처음에는 무슨 말인지 잘 몰랐는데, 주위 친구들이 해석해 주었다. 그 뚱보는 내가 수업 시간에 잠을 자거나 문자를 보내고 있으면, 내게 다가와 꼭 이 말을 했다. 내가 무엇을 하고 있는지 뻔히 알면서도 말이다.

"왓 아유 두잉 나우?"

나는 다시 한 번 얼굴에 인상을 팍 쓰며, 일본 여학생들에게 대들었다. 이제야 그 뚱보가 내게 이렇게 말한 이유를 알 것 같았다.

그런데 그들은 나를 보고 마냥 킬킬거릴 뿐이었다. 최소한 난 뚱보에게 "쏘리."라고는 했었는데.

"와이 유 터치 쉬?"

난 손가락으로 여기저기를 가리키며 물었다. '유'에서는 일본 여학생을 가리켰고, '터치'에서는 발로 차는 시늉을 했으며, '쉬'에서는 보라를 가리켰다. 말도 안 되는 콩글리시라는 걸 알았지만 어쩔 수 없었다.

하지만 일본 여학생들은 계속 낄낄거리며 웃기만 할 뿐, 아무 대꾸도 하지 않았다.

"내 일에 신경 쓰지 마."

보라가 나를 잡아끌며 말했다.

"넌 가만히 있어. 내가 알아서 할게."

"언니 일 아니잖아. 그러니까 상관하지 마."

"기다려 보라니깐?"

나는 보라를 뿌리쳤다. 내 힘이 너무 셌는지 보라가 뒤로 밀리며 휘청했다.

그 순간, 갑자기 일본 여학생 둘이 한꺼번에 달려와 보라의 몸을 세게 치고 지나갔다. 그 바람에 보라는 균형을 완전히 잃어 철퍼덕 소리를 내면서 뒤로 쓰러졌다. 그런데 일본 여학생들은 그 모습을 보고 또 깔깔대며 좋아했다.

이것들이 정말, 나랑 한번 붙어 보자는 거야?

난 그들을 쫓아가서 한 여학생의 팔을 붙잡았다.

"너희 뭐야? 죽고 싶어 환장했어?"

나도 모르게 한국말이 튀어나왔다. 하지만 두 계집애는 나를 뿌리치더니 쌩 하고 가 버렸다. 난 그들을 쫓아가 잡아 세웠다.

그런데 둘 중 키 작은 애가 집게손가락으로 나를 가리키더니 자기 관자놀이를 가리키며 빙글빙글 돌렸다. 아니 저 뜻은?

"퍽!"

나도 모르게 주먹이 나와 그 여학생의 얼굴에 꽂혔다. 여학생은 소리를 지르더니 이윽고 나를 공격했다. 그 옆에 있던 여학생도 나를 때리기 시작했다.

둘이 한꺼번에 내게 덤벼들었던 것이다. 안 되겠다. 더 이상 가만히 있을 수 없다.

감히 날 건드려? 너희 이제 죽었어!

누군가 뒤에서 내 몸을 세게 움켜잡았다.

"이건 또 뭐야?"

뒤를 돌아보니, 미주 언니였다. 아니, 미주 언니뿐만이 아니었다. 사람들 수십 명이 나를 둘러싸고 있었다. 언제 이렇게 사람들이 많이 모인 거지? 사람들은 나를 가리키며 수군댔다.

그리고 내 앞에는 일본 여학생 두 명이 맥반석 오징어처럼 몸을 만 채 엎드려 있었다. 둘은 겁에 잔뜩 질린 얼굴로 엉엉 울며 손바닥을 싹싹 빌었다.

하지만 내겐 아무 소리도 들리지 않았다. 사람들이 수군거리는 소리도, 여학생들의 울음소리도 들리지 않았다. 그저 그들의 모습만이 보일 뿐이었다.

"이은성, 너 여기까지 와서 왜 그래?"

미주 언니가 소리를 질렀다. 그제야 쨍그랑거리며 귀를 막고 있던 유리가 깨지고 다시 소리가 들리기 시작했다.

"너, 제정신이니? 어떻게 사람을 이렇게 무지막지하게 때릴 수 있어?"

언니는 씩씩거렸다.

"쟤네가 먼저……."

변명할 틈도 없이 여학생의 부모 같아 보이는 일본인들이 우리에게 와서 속사포처럼 말을 쏟아 냈다.

미주 언니가 그들에게 미안하다고 사과했지만 통하지 않았다. 길길이 날뛰며 우리에게 계속 화를 냈다. 또 여학생들을 병원으로 데려가 진찰을 받게 해야겠다며 같이 병원으로 가자고 했다. 우리는 할 수 없이 그들과 함께 버스를 타고 투루판 시내로 들어왔다.

"그렇게 버스, 버스 하더니만, 버스 타서 참 좋겠다."

언니가 나를 째려보았다. 난 아무 말도 하지 못했다.

병원에서 일본인들은 안절부절못하고 소란스럽게 우리 앞을 왔다 갔다 했다.

"너 정말 여기까지 와서 사고 쳐야겠어? 여기는 한국이 아니라서 네 뒷수습하는 게 쉽지 않다는 거 몰라?"

일본 여학생들과 부모들이 진료실로 들어가자, 조용히 있던 언니가 다시 화를 냈다.

"언니, 쟤네가 먼저……."

"됐어. 저 애들 많이 다쳤으면 어떻게 할 뻔했어? 네 주먹이 보통 주먹이니? 너 때문에 진짜 돌아 버리겠어. 어쩌자고 자꾸 그러는 거야? 얌전히 좀 다닐 수 없어?"

미주 언니는 내 말을 들어 보지도 않고 소리를 질렀다.

"미치겠네, 정말. 내 말 좀 들어 봐요. 이유 없이 때린 거 아니라고요. 쟤네들이 먼저 일부러 보라를 발로 차고 갔어요. 그것도 몇 번씩이나요. 그래서 사과하라고 하니까 또 보라를 밀쳤던 거라고요. 물론 때린 건 잘못이에요. 하지만 쟤네가 먼저 시비를 걸었잖아요."

"제발 핑계 좀 대지 마. 그런다고 네 잘못이 아닌 게 될 것 같아? 왜 버릇을 못 고치고, 여기까지 와서 주먹을 휘두르고 그래?"

"그런 게 아니라는데 왜 자꾸……."

"됐어! 조용히 앉아 있기나 해!"

언니가 아예 내 말을 무시했다. 맞고도 가만히 있으라니, 그런 바보 같은 행동을 하지 않았다고 왜 혼나야 하는 걸까?

"정말 큰일이야. 저 사람들이 합의해 주지 않으면 어쩔 거야? 그리고 원래 오늘 고창고성을 지나서 이번 주 안에 투루판을 벗어나야 돼! 그리고 다음 주부터는 하미를 걸어야 한단 말이야. 그런데 이게 뭐야? 다시 투루판 시내로 돌아왔잖아. 은성이 너 때문에 일정이 완전 틀어졌다고!"

언니가 지나치게 화를 냈다. 나는 더 이상 대꾸하고 싶지 않았다.

병원에서는 자세한 진찰 결과가 내일 나온다고 했다. 우리는 일본인들에게 여권을 맡기고, 내일 아침에 다시 오는 조건으로 병원을 나설 수 있었다.

우리는 병원 근처 여관에 방을 잡았다. 언니는 늦었지만 저녁을 먹자고 했다. 하지만 난 뭘 먹을 기분이 아니었다.

"난 그냥 방에서 쉴래요."

"너 때문에 이렇게 된 건데, 왜 네가 화를 내?"

언니가 또 소리를 질렀다. 도대체 나보고 어쩌라는 거야?

"심하게 때린 건 내 잘못이에요. 하지만, 걔네가 먼저 보라를 건드렸다니까요?"

"왜 여기까지 와서 주먹질을 해? 좀 참을 수 없었어?"

"하지만 걔네가 먼저 시비를 거는데 어떻게 해요?"

"하지만, 하지만, 하지만! 변명 좀 그만 해! '하지만'을 빼고는 말 못해? 네가 정당하다면, '하지만'을 빼고 말할 수 있어야 해. 왜 자꾸 핑계를 대? 왜 자꾸 변명을 하냐고?"

아무 대꾸도 하지 않았다. 모든 게 엉망이었다. 다 그만두고 싶었다. 지금까지 걸었던 게 너무 억울할 뿐이었다. 왜 나는 이 여행을 선택했을까?

"저, 그만 할래요. 도보 여행 그만 하고 싶어요."

"뭐? 지금 포기하겠다는 거야?"

"네."

"이은성, 너 이것밖에 안 돼?"

언니는 끓어오르는 분노를 억누르며, 최대한 자제해서 낮은 목소리로 말했다.

"그만 하고 싶어요. 너무 힘들어요."

"문제 일으켜 놓고 도망가겠다는 거야? 왜 자꾸 어린애처럼 그러니? 어리광 좀 피우지 마."

언니의 목소리 톤이 조금씩 높아졌다.

"어리광 아니에요. 이깟 여행한다고 해서 달라질 건 없어요. 그리고 제발 애 취급 좀 하지 마세요. 나도 다 컸다고요."

"아니, 너는 아직 한참 멀었어. 지금 너는 사고 쳐 놓고, 그걸 못 견디겠으니까 그만두겠다는 거야. 넌 한국에서도 그랬어. 네가 사고를 치면 할머니나 엄마가 수습을 했어, 안 그래? 넌 다른 사람이 수습한다는 걸 아니까 그걸 믿고 문제를 일으켰던 거야. 하지만 세상은 네 생각처럼 만만한 곳이 아니야. 이것조차 하지 못하면서 무슨 어른이 되겠다고 그래?"

"함부로 말하지 마요! 언니가 뭘 알아요? 이번엔 일부러 그런 게 아니라고요! 왜 자꾸 나한테만 잘못했다고 그래요?"

"네가 잘못을 했으니까."

"하지만 걔네가 먼저 시비를 걸었다니까요?"

"또 하지만! 하지만을 빼놓고 말해 봐!"

"엿 같아, 정말. 내가 먼저 잘못한 게 아니라는데 왜 자꾸 그래요? 일부러 걔네 때린 게 아니에요. 보라가 맞고 있어서 어쩔 수 없이 때린 거라고요. 맞고도 가만히 있는 게 바른 일이에요? 왜 내 이야기는 들어 보지도 않고 화만 내요? 언니 역시 다른 사람들과 다를 바 하나 없어! 우리를 이해하는 척하면서 사실은 하나도 그렇지 않았던 거야! 그러는 척했던 것뿐이야. 정말 재수 없어!"

내가 방방 뛰며 소리치자, 미주 언니는 아무 말도 하지 않았다. 하지만 이번에는 보라가 나를 공격했다.

"나 때문에 그랬다는 핑계 대지 마. 걔네가 나를 치고 가든 말든 나는 상관없어. 내가 분명히 말했잖아, 내 일에 신경 쓰지 말라고.

왜 쓸데없이 나서서 일을 크게 만든 거야? 누가 대신 싸워 달래?"

"다 너를 위해서 그런 거였다고!"

보라를 똑바로 쳐다보며 말했다.

"누가 도와 달라고 그랬어? 언니 같은 사람의 도움 따윈 필요 없어. 언니가 나서는 바람에 일이 커졌잖아. 어쩔 거야, 이제?"

역시 나를 탓했다. 왜 둘 다 나를 잡아먹지 못해서 안달인지 정말 미칠 지경이었다.

"누가 병신같이 맞고 있으래? 찐따처럼 구는 게 불쌍해서 구해 줬더니, 나한테 화를 내?"

"무식하게 주먹만 먼저 나가면 다야?"

"이 계집애가⋯⋯."

보라를 향해 달려드는 찰나, 미주 언니가 나를 잡아 세웠다.

"놔요, 놓으라고요!"

찰싹!

순간 뺨이 화끈거렸다.

"당신이 뭔데? 당신이 왜 나를 때려? 나만 잘못한 거 아니잖아. 보라가 나한테 무식하다고 하는 거 당신도 들었잖아!"

"됐어, 그만 해! 더 이상 네 변명 따위 듣고 싶지 않으니까!"

미주 언니가 화를 내며 방에서 나갔다.

"으으아아악……!"

마구 소리를 질러 댔다. 조금도 분이 풀리지 않았다. 언니가 나를 조금은 이해한다고 믿었다. 비록 잔소리도 많이 하고 화도 많이 내지만 내 편이라고 생각했다. 하지만 언니 역시 내 말을 들어 주지 않고 무시만 했던 다른 사람들과 전혀 다를 것이 없었다.

걔네들을 때릴 생각은 없었다. 진짜로 처음엔 사과만 받아 내려고 했다. 하지만 걔네가 나와 보라를 무시했고 보라를 밀쳐 버리기까지 했다. 그래서 때렸다.

보라는 나를 원망하고, 미주 언니는 나를 문제아로 몰아세웠다.

침대에 누웠다. 하지만 잠이 오지 않았다. 언니 말대로 내가 참았어야만 했던 걸까? 그 상황에서는 그게 최선의 행동이라고 생각했는데 헷갈린다. 도대체 나는 어떻게 행동해야 했고, 지금은 또 어떻게 해야 하는 것일까? 아무도 내게 답을 주지 않는다. 아니, 나 스스로 귀를 막은 채 듣지 않는 건지도 모르겠다. 머리가 복잡할 뿐이다. 귀를 막고 있어야 하는 건지, 활짝 열고 있어야 하는 건지 모르겠다. 나는 더 이상 어린아이도 아니고 스스로 판단할 수 있을 만큼 충분히 컸다. 그런데 왜 내 행동 때문에 머리가 어지러운 건지…….

"은성아, 은성아……."

누군가 계속 나를 불렀다.

"은성이, 우리 강아지."

할머니?

할머니가 침대 옆에 서서 나를 부르고 있었다. 나는 몸을 일으켜 할머니를 안으려고 했다. 하지만 꿈쩍도 할 수 없었다.

"은성아, 그러면 안 돼. 그럼 못쓰는 거야."

'할머니, 할머니!'

할머니를 불렀지만 목소리마저 나오지 않았다.

"은성아, 그러면 안 되는 거야."

'할머니, 가지 마! 가지 마, 할머니! 내가 잘못했어. 미안해, 할머니…….'

할머니는 다시 가려고 했다. 할머니를 불러서 잡아야 해! 미안하다고 말해야 한단 말이야!

하지만 난 시체처럼 손가락 하나 까딱할 수 없었다. 온 힘을 다해 움직이려고 노력했다. 조금만 더, 조금만 더…….

딱딱하게 굳었던 몸이 사르르 풀리면서 간신히 팔을 움직일 수 있었다. 하지만 이미 할머니는 사라진 뒤였다. 가위에 눌렸나.

얼마나 잔 걸까? 눈을 떠 보니 방 안이 어두웠다. 아직 밤인 것 같았다.

그러면 안 되는 거라니……. 그 말은 할머니가 예전에 내게 가장 많이 했던 말이기도 했다. 내가 친구를 때릴 때마다 할머니는 그렇게 말했다. 거짓말쟁이 할머니, 잘했다고 할 때는 언제고, 학교에 불려 가는 횟수가 늘어나자 절대 친구를 때려서는 안 된다고 했다.

처음 친구를 때린 건 초등학교 1학년 때였다. 같은 아파트에 살던 여자 애였다.

어느 날, 그 아이가 물었다.

"너, 아빠 없다며?"

"근데 그게 뭐?"

"원래 아빠가 없다며? 어떻게 아빠도 없이 태어날 수 있어? 우리 엄마가 너 같은 애랑은 놀지 말래."

그 아이는 '아빠도 없대요, 아빠도 없대요.' 라고 놀렸다. 순간 나도 모르게 그 아이를 주먹으로 마구 때렸다. 아빠가 없다는 사실이 창피해서 때린 게 아니었다. 이유가 무엇이든, 놀림받고 있다는 게 싫어서 때린 것뿐이었다.

그 일로 할머니가 학교에 오게 되었다. 할머니는 선생님과 아이의 부모에게 사과했다. 할머니는 집에 돌아오며 내게 아이를 때린 이유에 대해 물었다.

내 이야기를 들은 할머니는 버럭 화를 내면서 잘했다고, 다시는 그딴 아이와 놀지 말라고 했다.

그 후로 몇 번 더 같은 이유로 친구와 싸웠고, 그러면서 나는 싸움 잘하는 애로 소문났다. 그리고 중학생이 되었고 그때부터는 아무도 나를 그런 이유로 놀리지 않았다.

이제 곧 할머니가 돌아가신 지 일 년이다.

그날도 엄마는 술에 취한 채 집에 들어와 할머니와 나에게 시비를 걸었다.

"다 지긋지긋해. 엄마도 은성이도 다 지긋지긋하다고. 왜 내가 이렇게 살아야 해? 이 집에서 난 뭐야? 엄마가 은성이 엄마 노릇 다 하잖아. 왜 난 은성이한테 대접도 못 받으면서 은성이 엄마라는 이유로 사람들한테 욕을 먹어야 해? 이은성, 왜 네가 내 인생을 망쳐? 네까짓 게 뭔데?"

엄마가 충혈된 눈으로 나를 노려보았다. 나도 똑같은 눈빛으로 엄마를 째려봐 주었다.

"들어가서 자, 새벽 1시가 다 됐어. 너 때문에 옆집 사람들 다 깨겠어."

할머니가 엄마의 팔을 잡아끌었다.

"엄마 쟤 봐, 나 쳐다보는 눈 좀 보라고. 저게 어디 지 어미 쳐다 보는 눈이야? 미친년 쳐다보는 눈이지. 내가 누구 때문에 이렇게 살고 있는데?"

엄마는 악을 써 대며 소리를 질렀다.

"누가 낳아 달랬어? 왜 자기 마음대로 낳아 놓고 나한테 그러는 건데? 나도 미혼모 딸인 거 싫어, 창피해 죽겠다고! 엄마가 나를 낳는 바람에 내가 무시당하는 거잖아! 왜 낳았어? 왜 낳았냐고?"

나도 질세라 엄마에게 대들었다. 그러자 엄마는 더 이상 아무 소리 못하고 몸을 부르르 떨며 나를 노려봤다.

"은성이 너, 엄마한테 그런 소리 하면 못써! 얼른 잘못했다고 해."

내가 이겼다고 생각하는 순간, 할머니가 버럭 화를 냈다. 나는 싫다고 소리쳤다. 엄마에게 조금도 미안하지 않았다.

"얼른 잘못했다고 하라니까!"

"싫다고 했잖아! 할머니까지 왜 그래?"

난 참지 못하고 밖으로 뛰쳐나왔다. 뒤도 돌아보지 않고 미친 듯이 달렸다.

만약 엄마가 그날 술을 마시지 않았다면 어떻게 됐을까? 내가 엄마한테 대들지 않고 뛰쳐나가지도 않았다면? 그리고 할머니가 나를 따라 나오지 않았다면?

큰이모가 그랬다. 이미 지난 일에 '만약'은 소용없다고. 하지만 나는 하루에 수십 번도 넘게 스스로에게 물을 수밖에 없었다.

무릎이 좋지 않은 할머니는 횡단보도 중간에서 멈춰 섰고, 과속으로 새벽길을 달리던 트럭은 할머니를 발견하지 못했다.

"모든 게 엄마 때문이야! 엄마가 그날 술주정만 하지 않았어도 나는 뛰쳐나가지 않았어. 그리고 할머니는…… 할머니는 사고를 당하지 않았을 거야. 엄마가 내게서 할머니를 빼앗아 갔어. 할머니가 아니라 엄마가 죽었어야 해!"

이모들은 내 탓이 아니라고 했지만, 난 내가 할머니를 돌아가시게 만든 것 같았다. 그래서 더욱 엄마가 미웠다. 할머니가 보고 싶을 때마다 엄마에게 화를 냈다. 엄마는 그럴 때마다 아무런 대꾸도 하지 않고, 그냥 무시했다.

침대가 하나 비어 있었다. 보라가 자고 있는 걸 보니, 미주 언니가 아직 들어오지 않은 것 같았다.

화장실에 가려고 일어서는데, 미주 언니가 문을 열고 들어왔다. 난 언니를 못 본 척하고, 다시 누웠다.

"깼니?"

못 들은 척했다.

"저기, 은성아, 아까 때려서 미안해."

병 주고 약 준다더니……. 이불을 머리 위까지 덮어 썼다.

"아까는 나도 너무 당황해서 어떻게 해야 할지 모르겠더라. 네가 일부러 걔네들 때리지 않았다는 거 알아. 그래도 네가 조금만 참았으면 좋지 않았을까? 너도 결국 걔네랑 다를 바 없잖아. 걔네들이 장난으로 보라를 때려서 기분 나빴다며? 넌 더 심하게 걔네를 때렸어. 한 번 더 생각하고 행동했으면 좋았을 텐데."

"선생님 같은 말투 집어치워요. 언니한테 훈계 같은 거 듣고 싶지 않으니까. 언니같이 똑똑하고 바르기만 한 사람이 어떻게 나 같은 문제아를 이해할 수 있겠어요? 난 어쩔 수 없는 문제아예요. 이렇게 살다 죽을 거예요."

"이은성, 말투가 그게 뭐야? 왜 자꾸 비꼬는 거야?"

난 꽈배기가 되고 싶었다. 미주 언니 같은 사람은 질색이다. 항상 자기만 옳다고 생각하는 그런 사람들은 자기와 다른 사람은 무조건 문제아로 취급해 버린다.

"널 이해하지 못하는 게 아니야."

"이해요? 언니가 날 이해한다고요?"

136

난 코웃음을 쳤다.

"은성이 너, 지금 떳떳해? 아무렇지도 않아? 지금 백 퍼센트 네가 잘했다고 생각하는 거야? 아니잖아, 네 마음도 무겁잖아."

아무 말도 하지 못했다.

"네가 나처럼 후회하지 않았으면 해. 너를 보면 자꾸 과거의 내가 떠오른다고."

뭔 소리야? 자기랑 나랑 무슨 상관이라고?

"내게 여동생 있다는 거…… 거짓말이었어."

"네?"

난 이불을 제치며 침대에서 몸을 일으켰다. 언니가 지금 무슨 소리를 하는 거지? 언니는 우리가 힘들다고 할 때마다 자기 여동생 얘기를 했다.

"이제까지 우리한테 거짓말한 거예요? 우리 달래려고?"

"거짓말은 아닌데……."

"그러면 뭐예요? 만날 여동생 얘기를 했으면서, 이제 와서 여동생이 없다뇨?"

"여동생이…… 나야."

"어떻게 언니가 여동생이에요?"

머리를 굴렸다.

"사실은 언니가 그 날라리 여동생이었다는 거예요?"

"그래, 사실 그거 다 내 얘기야. 우리 언니가 여행가면서 나 데리고 갔던 거야. 너희한테는 창피해서 내가 여동생이라고 거짓말했어."

어이가 없어서 말이 나오지 않았다.

"부모님이 고등학교 2학년 때 이혼하셨어. 원래 그전부터 서로 사이가 좋지 않으셨거든. 그다음부터 난 학교에 나가지 않았어. 모든 게 다 싫었어. 부모님도 너무 미웠고. 다른 애들은 다 평범한 가정에서 사는데, 왜 나만 엄마 아빠랑 따로 살아야 하는지 이해할 수 없었어. 너무 창피했고, 너무 싫었어."

"그래서 아예 학교에 나가지 않았어요?"

"착한 딸이 되고 싶지 않았어. 엄마 아빠도 나를 힘들게 하는데, 내가 누구 좋으라고 착한 딸이 되어야 하나 싶더라. 처음에는 그래서 학교에 가지 않았는데, 그러다 보니까 편하고 좋더라."

"좋으면 됐잖아요."

"그런데 그게 아니었어. 일 년 정도는 좋았는데, 시간이 흐를수록 점점 불편해지는 거야. 친구들은 공부한다고 바쁜데, 나는 할 일이 없잖아. 뭘 해 보려고 해도 중졸의 학력을 갖고 할 수 있는 건 아무것도 없었어. 그래서 언니가 실크로드에 간다고 했을 때,

도망치듯 따라나섰던 거야. 내 또래의 다른 아이들은 대학생이 되어 공부하고 연애하고 취업한다고 바쁘게 지내는데, 나는 아무것도 하지 않고 있었거든. 그런 내 자신이 너무 한심하고 바보 같더라. 그렇게 삼 년 이상의 시간을 허비했어."

저 마귀할멈, 왜 나한테 그 이야기를 털어놓는 거지?

"저기, 은성아."

"왜요?"

"사람은 누구나 후회를 해. 후회하지 않고 사는 사람은 없을 거야. 그래도 조금 덜 후회하며 살 수 있으면 얼마나 좋을까 싶어. 지금 네 나이, 가장 열정이 넘치는 나이잖아. 온몸에 힘이 불끈불끈 솟는 때잖아. 그런데 그 시간은 다시 돌아오지 않는 게 문제야. 십 대의 에너지는 십 대에 다 써 버려야 되는 것 같아. 에너지는 축적되는 게 아니라서."

아무 말도 하지 않았다. 열정, 힘, 에너지……. 지금이 가장 최고라는 이것들을 나는 어디에 쏟고 있는 것일까?

"나는 그때 왜 그렇게 언니를 힘들게 했나 몰라."

"그럼 언니네 언니는 지금 뭐 해요?"

"인도에서 봉사 활동 하고 있어. 우리 자매한테 역마살이 있나 봐. 잠깐만."

언니는 지갑에서 자기 언니와 함께 찍은 사진을 꺼내 보여 주었다. 미주 언니 고등학생 때 찍은 사진이라는데, 지금과는 너무 달랐다. 짧은 치마에 나시 티셔츠를 입은 소녀는 화장도 아주 곱게 했다. 무엇보다 표정에서 강렬한 힘이 느껴졌다. 건드리면 죽는다고 얼굴에 쓰여 있었다.

"언니도 껌 좀 씹으셨군요? 어쩐지, 언니에게서 친숙한 냄새가 났어요."

"무슨 냄새?"

"노는 냄새요."

"냄새는 무슨 냄새야. 헛소리 좀 하지 마!"

미주 언니가 머리를 쥐어박았다.

그런데 정말 냄새가 났다. 퀴퀴한 냄새가 코를 찔렀다.

이불이었다. 여기 이불은 일 년이 지나도 한 번 빠는지 모르겠다.

"근데 요즘 보라가 좀 이상하지 않니? 불안해 보이기도 하고, 툭하면 한숨만 쉬고 말이야."

미주 언니는 보라가 자는 것을 확인하고 내 귀에 대고 조용히 속삭였다.

"어쩌면 나 때문에 그러는 건지도 몰라요. 나랑 같이 다니는 게 싫은가 봐요."

"안 그래도 저번부터 계속 묻고 싶었는데, 너 보라랑 무슨 일 있었니? 둘이 말도 안 하고 아예 모르는 사람들처럼 다니잖아."

"나도 모르겠어요, 보라가 나한테 왜 그러는지. 나도 그것 때문에 요즘 답답해 죽겠어요."

보라 생각을 하니 절로 한숨이 나왔다.

"차라리 너 때문에 그러는 거면 다행이겠는데……. 하여튼 조금 더 지켜보자."

미주 언니가 씻고 오겠다며 방에서 나갔다. 난 자고 있는 보라를 바라보았다. 보라는 나쁜 꿈이라도 꾸는지 잔뜩 얼굴을 찡그린 채 자고 있었다.

안 그래도 보라와 사이가 좋지 않았는데, 이번 일로 더 멀어졌다. 내 딴에는 보라를 도우려고 한 것이었는데 여행 일정만 망가지고 보라는 내게 화만 더 냈다.

난 꼭 고장 난 자동차 같다. 오른쪽으로 핸들을 돌리면 바퀴는 왼쪽으로 가다가 결국 펑 하고 터져 버린다. 언제쯤 내 삶을 능숙하게 운전할 수 있을까? '어른'이라는 자격증을 따고 나면 조금 나을까? 그건 도대체 언제쯤 딸 수 있는 거지?

???

물음표가 머릿속을 점령해 버렸다. 오늘밤도 물음표를 세며 잠을 청해야 할 듯하다.

다음 날 아침, 일어나자마자 곧바로 병원으로 갔다. 일본 여학생들의 부모가 대기실에 먼저 와 있었다. 여학생들은 진찰을 받으러 들어갔다고 했다. 그런데 이상하게도 그 부모들은 어제만큼 화내지 않았고 자기네 쪽에도 잘못이 있으니 합의해 주겠다고 했다.

대기실에 앉아 이십 분 정도 기다리자, 두 여학생이 진료실에서 나왔다. 얼굴의 멍 자국과 덕지덕지 붙여진 밴드가 눈에 확 띄었다.

여학생들은 나를 보고 흠칫 놀라더니 우리에게 다가와서 고개를 꾸벅 숙이며 말했다.

"스미마셍."

스미마셍은 곤니찌와와 함께 내가 유일하게 알고 있는 일본어였다.

나는 어떻게 대답해야 하나 우물쭈물하다가, 똑같이 "스미마셍."이라고 말했다.

잠시 후 우리는 병원에서 나왔다.

이번에도 문제를 일으킨 건 난데, 해결은 다른 사람이 했다. 한국에 있을 때도 항상 할머니나 엄마가 와서 나 대신 사과하고 합의를 얻었다. 할머니가 살아 계실 때는 할머니가 와서 수습을 했고, 할머니가 돌아가신 다음부터는 그 몫이 고스란히 엄마에게 돌아갔다.

유지연 폭행 사건으로 엄마가 학교에 찾아왔었다. 유지연네 엄마는 엄마에게 아비도 없는 자식을 낳았다고 욕을 해 댔다. 가슴이 조마조마했다. 동네에서 누가 나를 두고 아비 없는 자식이라거나, 엄마를 가리켜 미혼모라고 하면 엄마는 절대 가만 있지 않았다. 한달음에 달려가 그 사람의 머리채를 잡았고 그래서 지금까지 원수로 지내고 있는 아줌마가 여럿 있었다. 그런데 엄마는 유지연네 엄마에게는 아무 소리도 하지 못했다. 그저 고개 숙인 채 무조건 죄송하다는 말만 되풀이했다.

미주 언니는 밥을 먹자며 병원 옆에 있는 식당으로 우리를 데리고 갔다.

"어제 저녁도 못 먹었잖아. 너희 배 많이 고프지?"

언니는 내가 좋아하는 '따판지'를 시켜 주었다. 위구르 음식인 따판지는 매콤한 맛이 나는 닭볶음 요리인데, 우리나라 닭볶음탕과 모양도 맛도 아주 비슷했다.

"은성아, 정말 그만둘 거니?"

"네?"

언니는 내가 어제 홧김에 한 말을 물어보는 것이었다.

"역시 닭고기는 다리가 최고야. 너무 부드럽다니까."

못 들은 척하고 음식을 먹었다.

"빨리 먹고 걸어요. 여기까지 되돌아온 거리를 다시 걸으려면 빠듯하잖아요. 오늘이 7월 26일이니까, 앞으로 한 달만 더 걸으면 되는 거죠? 이제 몇 킬로미터 남았어요?"

"글쎄, 한 600킬로미터?"

"600킬로미터나 더 남았다고요? 맙소사, 도대체 얼마나 더 걸어야 하는 거야?"

"얘가 딴소리는. 어제는 그만둔다며?"

언니가 나를 흘겨봤다.

"내가 언제요?"

이럴 땐 딱 잡아떼는 게 상책이다.

"너를 데리고 더 걸어야 한다니, 끔찍하다. 끔찍해."

언니는 젓가락으로 닭의 목을 골라 집으며 말했다.

"누가 마귀할멈 아니랄까 봐, 닭 요리를 먹을 때도 꼭 이상한 부위만 골라 먹는다니깐!"

"요게, 입만 살아가지고!"

언니의 꿀밤 때문에 머리가 띵 하고 울렸다.

"언니 벌 받는 거예요. 언니도 여행하면서 언니네 언니 속 엄청 썩었다면서요? 언니도 한번 당해 봐요."

나는 지지 않고 언니에게 대들었다.

"내가 너 때문에 못살아. 네가 언제쯤 철들지 모르겠다."

언니가 내 볼을 꼬집었다. 난 아무 일도 없었던 것처럼 웃었다. 이럴 때는 어리다는 것이 무기가 될 수 있다. 어리다는 이유로 용서받을 수도 있다.

예전에 학생주임 선생님이 내게 그런 말을 했다. 내가 기고만장하게 사고 치고 다닐 수 있는 건 어리기 때문에 가능한 일이라고, 나이가 들면 그러고 싶어도 그럴 수 없다고. 어른이 되면 자기 일은 자기가 책임져야 하기 때문에 쉽게 사고 치지 못하고, 사고만 치지 못하는 게 아니라 좋은 일에도 쉽게 도전하지 못한다고 말이다. 그렇게 보면, 어른이 꼭 좋기만 한 건 아닌 것 같다. 나는 철없다는 소리를 많이 들으니까 천천히 어른이 될 것 같다.

그런데 이거 좋은 거야, 나쁜 거야?

도망자

쉬는 날도 아닌데 10시가 넘도록 미주 언니가 일어나지 않았다. 평소에는 무슨 일이 있어도 아침 7시 전에 일어나 우리를 깨우는 언니였다.

혹시 오늘이 쉬는 날인가? 아니다. 쉬는 날은 아직 나흘이나 더 남았다. 혹시 미주 언니가 착각했나?

난 미주 언니의 침대 쪽으로 갔다. 그런데 언니는 식은땀을 흘리고 있었다. 아침이라 덥지도 않은데 이상했다.

"언니, 언니."

불러도 아무 대답이 없었다. 언니를 흔들어 깨우니, 그제야 눈을 떴다.

"으응, 지금 몇 시니?"

미주 언니가 힘겹게 상반신을 일으키며 물었다.

"10시 30분이 조금 지났어요."

"정말?"

언니는 깜짝 놀라며 침대에서 일어나려고 했다.

"어디 아픈 거 아니에요?"

"괜찮아."

하지만 언니는 지독하게 아파 보였다. 눈도 제대로 뜨지 못했고, 이마를 만져 보니 아주 뜨거웠다.

"몸살 난 것 같은데요?"

우리는 투루판의 고창고성을 떠나 이곳 하미 시내에 도착하기까지 20일 동안 400킬로미터 가까이 걸었다. 하루에 걷는 양이 그전보다 더 는 건 일본 여학생들과의 사건 때문에 여행 일정이 늦춰져서 무리를 할 수밖에 없기 때문이었다. 아무래도 그 때문에 언니 몸에 이상이 생긴 것 같았다. 며칠 전부터 언니 몸 상태가 좋지 않은 것 같긴 했다.

"언니, 아무래도 쉬는 게 좋겠어요. 오늘 하루만 쉬어요, 네?"

"안 돼. 그럴 수 없어."

언니는 자리에서 일어나 옷을 갈아입었다.

"보라야, 일어나. 늦었어."

언니가 보라를 깨웠다. 보라는 지금 벌써 10시가 넘었다는 것과 언니가 아프다는 것을 알고도 별로 놀라지 않았다. 아니, 아예 아무 반응도 하지 않았다. 모든 게 자기와는 상관없는 일이라는 듯, 나와 미주 언니 쪽은 보지도 않고 고개를 푹 숙인 채 침대에 앉아 있었다.

아니, 보라가 문제가 아니다. 미주 언니가 저 상태로 길을 걷는다면 무슨 일이 일어날지 모른다. 언니는 당장이라도 쓰러질 것 같았다.

"오늘 하루만 쉬면 되잖아요. 몸이 아픈데 어떻게 걷겠다는 거예요? 오늘만 쉬었다 가요, 네?"

"안 돼. 오늘 쉬면 일정에 또 차질이 생겨. 무슨 일이 있어도 이번 주 중으로 하미를 벗어나야 하고, 2주 안에 둔황에 도착해야 해."

"짜증 나, 정말. 제발 그만 좀 고집 피워요. 걷다가 쓰러지기라도 하면 어쩔 거예요? 그러면 내가 언니 업어야 하잖아. 나, 그거 싫어요."

"걱정하지 마. 나 절대 쓰러지지 않아. 쓰러지더라도 절대 너한테 업어 달라고 하지 않을게."

그런 뜻에서 이야기한 건 아닌데…….

"은성아, 나 괜찮아. 나 때문에 일정이 늦춰지면 안 되잖아. 빨리 옷 입어. 얼른 가자, 늦었어."

미주 언니는 이렇게 말하면서 벌써 옷을 다 입고 있었다. 언니가 저렇게 나오는데 더 이상 고집을 피울 수는 없었다. 할 수 없이 나도 옷을 챙겨 입었다.

미주 언니가 채비를 마친 후 배낭을 드는 순간 언니는 그 자리에 푹 쓰러져 버렸다. 언니는 다시 일어나려고 애를 썼지만 몸이 따라 주지 않았다.

"언니, 이 상태로는 절대 못 가요. 오늘은 쉬는 게 좋겠어요."

"안 돼. 그러면 일정에 차질이 생긴다니깐."

"그러면 오늘 쉬고, 다음번 쉬는 날에 쉬지 말고 계속 걸으면 되잖아요, 안 그래요?"

"그래도 되겠어?"

"그럼요!"

다시 침대에 누운 미주 언니는 바로 잠들었다.

미주 언니에게 약과 죽을 사다 줘야겠다는 생각이 들었다. 보라는 분명 같이 가려고 하지 않을 것이다.

"나가서 약 사 올 테니까, 미주 언니 좀 잘 보고 있어."

보라가 아무 대꾸도 하지 않았다.

"야, 나가서 약 사 온다고!"

보라에게 바짝 다가가 큰 소리로 외쳤다. 그제야 보라가 고개를 들어 나를 쳐다보았다. 보라는 세상 모든 근심을 다 떠안은 얼굴을 하고 있었다. 아유, 도저히 속을 알 수 없는 애라니깐.

난 이곳 지역 설명과 간단한 중국어 회화가 들어 있는 여행 책자를 챙기고, 언니 지갑에서 돈도 꺼냈다.

숙소를 나와 주변을 둘러보았지만 약국을 찾을 수는 없었다. 게다가 여행 책자를 아무리 뒤져 봐도 약국은 표시되어 있지 않았다. 아무래도 지나가는 사람에게 물어봐야 할 것 같았다. 하지만 중국어로 어떻게 물어보는지 알 턱이 없었다.

책을 계속 뒤져 보니, '나 아파요.' 라는 뜻의 중국어가 눈에 띄었다. 일단 아무나 붙잡고 계속 이 말을 해 보자. 그러면 병원이든 약국이든 알려 주겠지.

난 지나가는 아저씨를 잡아 세웠다.

"니 하오."

우선 친절하게 인사부터 했다.

"워 셩삥 러."

아프다는 말을 여러 번 반복했더니 다행히 아저씨가 알아들은 것 같았다. 그런데 '그래서 어쩌라고?' 라는 얼굴로 날 쳐다봤다.

한국에서 외국인이 나를 잡고 "나 아파요." 라고 말한다면, 나 역시 황당하겠지?

결국 아저씨는 내 이야기를 듣다 말고 가 버렸다.

이번에는 우리 또래로 보이는 여학생을 붙잡고 아프다고 말했더니, 반응은 마찬가지였다. 난 한참을 이러지도 저러지도 못하고, 아프다는 말만 반복했다. 여학생은 답답하다는 눈빛으로 나를 쳐다보더니 물었다.

"두 유 스피크 잉글리쉬?"

영어를 할 줄 아는 것 같았다. 약국이 영어로 뭐였더라? 드러그 뭐였던 것 같은데…….

"아이 원트 드러그 샵!"

"아이 씨."

여학생은 친절하게도 나를 약국까지 바래다주었다.

그런데 이번에는 몸살감기 약을 달라고 말하는 게 문제였다. 다시 여행 책자를 펼쳐 보았지만 몸살을 설명하는 구절은 나오지 않았다. 난 아예 약사에게 여행 책자에 나온 '아프다'는 뜻의 여러가지 표현을 일일이 다 가리키며 말했다.

몸이 불편하다는 '워 부 타이 슈푸.', 머리가 아프다는 '워 터우 텅.', 감기에 걸렸다는 '워 간마오 러.', 머리가 어지럽다는 '워

151

터두 원.', 열이 난다는 '워 여우디알 파샤오.', 온몸에 한기를 느끼낀다는 '워 훈선 파령.', 온몸에 힘이 없다는 '워 취에선 메이 여우 질.', 입맛이 없다는 '워 메이여우 웨이커우.' 를 하나하나 다 가리키며 보여 준 뒤, 마지막으로 약 좀 지어 달라는 '칭 게이 워카이 디알 야오.' 를 가리켰다. 온몸이 다 아프다고 말했으니 분명 몸살 약을 줄 것이라고 생각했다.

잠시 후, 약사는 약 봉투를 건네주었다.

"뚜어치엔?"

이 말만은 자신 있게 할 수 있었다. 난 돈을 주고 거스름돈을 받아 약국에서 나왔다.

그다음 죽을 사기 위해 어제 저녁을 먹은 식당으로 갔다. 죽을 뭐라고 해야 할지 몰라 약을 보여 주며 수프를 달라고 하니, 식당 아줌마가 알았다고 고개를 끄덕였다.

잠시 후에 아줌마가 내민 음식을 보니 걸쭉한 게 죽 비슷해 보였다. 그런데 내가 식당에서 먹고 간다고 생각했는지 사기그릇에 담겨 있었다.

"노, 노. 테이크 아웃, 테이크 아웃."

한국에서 흔하게 쓰는 말이었지만 아줌마는 알아듣지 못했다. 그래서 나는 사기그릇을 들고 일어서서 바깥으로 나가는 시늉을 몇 번 반복했다. 아줌마는 그제야 알아듣고 죽을 포장해 주었다.

계산하고 식당에서 나오니 내 몸은 땀으로 온통 젖어 있었다. 겨우 약이랑 죽을 샀을 뿐인데, 하루 종일 걷고 나서 침대에 누웠을 때처럼 기운이 쭉 빠졌다.

양손에 각각 약 봉투와 죽을 들고 방문을 두드렸다.

"문 열어."

보라가 문을 열고는 몸을 홱 하고 돌렸다. 못된 계집애, 힘들게 다녀왔는데 수고했다는 말 한마디 없다.

언니는 여전히 아파 보였다. 죽을 먹으라는 말에 간신히 눈을 떴다. 죽을 숟가락으로 떠서 언니에게 내밀었다. 언니는 몇 숟갈 받아먹더니 자기가 혼자 먹겠다고 했다.

"네가 혼자 가서 사 왔어?"

"네."

"제법인걸?"

"몰라요. 잔말 말고 빨리 먹고 낫기나 해요."

"이제 도보 여행도 얼마 안 남았는데, 괜히 나 때문에 일정이 늦어져서 미안해. 너희들 빨리 한국에 돌아가고 싶을 텐데……."

"그러게 말이에요. 빨리 나아요. 어서 여기에서 벗어나 한국에 돌아가고 싶단 말이에요."

이제 2주도 채 남지 않았다. 여기 하미 시내에서 둔황 시내까지 300킬로미터만 더 걸으면 도보 여행은 끝이다. 2주 뒤에는 한국에 있을 거라고 생각하니 기분이 좋았다. 그때 보라는 또 알 수 없는 한숨을 내쉬었다.

미주 언니가 죽을 다 먹자 약을 내밀었다.

"고마워. 약 먹고 한숨 푹 자면 괜찮아질 거야. 그런데 너희 밥은 먹었어?"

"아직요."

"그럼 빨리 나가서 먹고 와."

"그럼 언니는 어떻게 해요?"

"나는 잘 거라니까. 얼른 나가서 밥 먹고 와, 얼른!"

잔소리하는 걸 보니, 몸 상태가 아까보다 나아지긴 했나 보다.

"빨리! 너희가 있으면 못 잘 것 같아서 그래."

"알았어요, 알았어."

보라와 난 어쩔 수 없이 바깥으로 나왔다. 뭘 먹을까 고민하며 걷고 있는데, 보라는 제멋대로 앞으로 걸어갔다.

"야, 어디 가? 같이 가야 할 거 아니야?"

보라가 내 말을 못 들은 척했다.

"너 자꾸 그럴래? 내가 너한테 무슨 큰 잘못을 했다고 이러는

거야? 나랑 같이 밥 먹으면 무슨 큰일이라도 나니? 왜 나를 인간
취급도 안 하는 건데?"

보라를 쫓아가 화를 냈지만, 보라는 어디서 개가 짖냐는 듯 쳐
다보지도 않았다.

홧김에 뒤돌아 식당 쪽으로 걸어갔다. 나쁜 계집애 같으니, 끝
까지 나를 무시해? 싸이코 같은 계집애, 재수 없는 계집애, 병신
같은 계집애. 그래도 조금은 친했다고 생각했는데, 동생 같아서
잘해 주고 싶었는데…….

식당을 나와 숙소 쪽을 향해 걸었다. 입맛이 없어서 밥을 먹는
둥 마는 둥 했다.

숙소로 막 들어가려는데, 보라가 숙소에서 나와 급하게 어디론
가 가고 있는 것이 보였다. 저 계집애, 이제 밥 먹으러 가나? 그냥
나랑 같이 가서 먹으면 어디가 덧나? 도대체 내가 뭘 그렇게 잘못
했는지, 뭐가 마음에 들지 않는 건지 도통 모르겠다.

그런데 이상했다. 보라가 어깨에 배낭을 메고 있었다.

얼른 보라 쪽을 향해 뛰어갔다.

"야, 너 어디 가?"

나를 본 보라의 얼굴에 당황한 기색이 역력했다. 저건 내가 수

업 땡땡이치고 담 넘다가 선생님한테 걸릴 때 짓는 표정인데?

"어디 가는 거냐고?"

보라는 아무 대꾸도 없이, 서둘러 걸었다. 정말 수상했다.

"너 마귀할멈한테 이른다?"

보라 팔을 낚아채며 말했다.

"이거 놔!"

보라는 내 팔을 뿌리치더니 도망쳤다.

"야, 너 거기 서!"

보라는 무거운 배낭을 메고 있으면서 잘도 뛰었다. 하지만 그무게 때문에 금방 지칠 수밖에 없었다. 보라의 발이 점차로 느려지더니 결국 보라는 멈추어 섰다. 무리해서 뛰어서인지 계속 헉헉거렸다.

"야, 너 혹시 도망치는 거야?"

보라는 아무 말도 하지 않았다.

"너 미쳤어? 걷는 게 힘들어서 그래? 야, 이제 우리 2주만 지나면 끝이야. 20일도 아니고 2주라고!"

손가락 두 개를 들어 올려 보라 눈앞에 갖다 대고 흔들었다.

"이제까지 버텼으면서 겨우 2주를 못 버텨? 너 도망치면 이제까지 걸은 게 다 무효가 되는 것 몰라? 도망쳐서 잡히면 한국으로 돌아가서 소년원에 가야 해. 잊었어?"

"알아."

보라는 내 말에 조금도 동요하지 않았다.

"그런데 왜 그래? 정신 나갔어?"

"상관 말고 가. 난 한국에 돌아가지 않을 거야."

"뭐라고?"

"내 일에 신경 꺼. 언니나 끝까지 걸어서 한국으로 가면 되잖아."

할머니가 말했던 사탄이 보라에게 씌운 게 틀림없었다.

"헛소리하지 말고 따라와."

나는 보라의 어깨를 움켜잡았다. 보라를 데리고 돌아가야 했다.

"놔! 놓으라고!"

보라가 팔꿈치로 내 가슴을 밀며 벗어나려고 했다.

"계속 나 따라오면 언니도 이탈자 되는 거야. 인솔자에게서 벗어난 지 두 시간이 넘으면 이탈 처리 되는 거 알지? 그러니까 나상관 말고 돌아가."

지금쯤 미주 언니가 일어났겠지? 차라리 미주 언니에게 빨리 가서 보라가 도망치고 있다고 알리면 어떨까? 아니다. 그사이 보라가 사라져 버릴 것이다. 차라리 보라를 끌고 갈까? 하지만 그건 불가능했다. 보라를 억지로 질질 끌고 갈 수는 있겠지만, 그러다 보면 두 시간이 훌쩍 지날 터였다.

에라, 모르겠다.

보라를 놓지 않았다. 어떻게든 보라를 끌고 가야 한다. 이 계집애가 사라져 버리면, 도보 여행에 차질이 생긴다.

"놔! 놓으라고!"

"미쳤냐? 지금 널 놓게? 빨리 돌아가자."

"이거 놓으라고! 빨리 놔! 놓지 않으면 나 죽어 버릴 거야! 아니, 언니 죽여 버릴 거야!"

그 말에 나도 모르게 잡고 있던 손을 놓았다. 보라는 꼭 공포 영화에 나오는 배우 같았다.

"나 죽는 꼴 보기 싫으면 그냥 내버려 둬."

나를 노려보는 보라의 눈빛이 서늘했다.

"그래, 도망가려면 가! 병신 같은 계집애, 겨우 2주를 못 버티고 도망가냐? 한심하다, 한심해!"

뒤돌아 가는 보라 등에 대고 외쳤다. 하지만 보라는 아무 반응도 보이지 않았다.

보라 따윈 신경 쓰지 않을 거야. 보라가 이탈자가 되어 소년원에 가는 것도, 도망치다가 깡패를 만나 붙잡혀 가는 것도 모두 나와는 상관없는 일들이야. 괜히 나까지 이탈자가 될 수는 없어.

그런데 발이 떨어지지 않았다. 숙소 쪽으로 가야 하는데, 다리가 무거워 한 발짝도 뗄 수가 없었다.

몇 시간이 흘렀을까? 지금은 도대체 몇 시쯤일까? 손목에 시계를 차고 있었지만, 줄이 땀에 밴 이후로 더 이상 차지 않았다. 해는 이미 져 있었다. 한참을 걸은 것 같았다.

쉬지 않고 걷는 보라를 따라가는 것은 여간 힘든 일이 아니었다. 게다가 보라에게 들키지 않고 걷느라고 긴장을 늦출 수가 없었다. 다행히 보라는 아직까지 내가 따라가는 것을 눈치 채지 못했다.

보라는 어디를 향해 가는 걸까? 아는 곳도 없고, 말도 통하지 않는 이곳에서 도대체 뭘 어쩌자는 건지 알 수가 없었다. 잠시만 가다가 곧 생각을 바꿔 돌아갈 거라 생각했는데 아니었다.

얌전한 고양이 부뚜막에 먼저 올라간다더니, 그 말은 이런 상황에 쓰라고 있겠지? 걸으면서 짜증 한번 안 내고 조용히 걷던 애가 이렇게 대형 사고를 칠 줄 누가 알았으랴. 계집애가 미주 언니의 뒤통수를 세게 후려치고 있다. 차라리 내가 백 번 낫다. 미주 언니는 그것도 모르고 짜증도 안 내고 착하다며 보라를 더 예뻐하고, 하는 말이면 무조건 다 들어주었다. 돌아가기만 해 봐라. 언니에게 보라의 만행을 다 일러바칠 거다.

그런데 돌아갈 수는 있는 걸까? 지금이라도 나 혼자서 돌아가고 싶지만, 보라를 따라 무작정 걷는 바람에 길을 잃었다. 여기는 도대체 어디지? 어두워서 앞이 잘 보이지도 않았다. 가로등이 있긴 했지만, 불빛이 아주 희미했다.

보라에게서 멀찌감치 떨어져 걷고 있는데, 누군가 보라 앞을 막아서는 것을 목격했다. 자세히 보니, 스포츠머리를 한 이십 대 초반의 남자 두 명이었다. 은색 점퍼를 입은 한 남자는 키가 크고 깡말라서 꼭 갈치 같아 보였고, 다른 남자는 키가 작고 뚱뚱했다.

보라가 갈치와 뚱보를 피하려고 했다. 그런데 그들이 보라의 앞을 턱 하니 가로막았다.

보라가 방향을 바꾸자, 그들은 다시 보라의 앞길을 막았다. 그때 갈치가 보라의 멱살을 잡고 가슴에서 무언가를 꺼내 보라 얼굴에 갖다 댔다. 반짝하고 빛나는 걸 보니, 칼이었다.

"사, 살려 주세요, 살려 주세요!"

보라가 소리쳤다. 하지만 주위에는 아무도 없었다.

어떻게 해야 하지? 나 혼자 도망쳐야 하나?

왓 어 걸 원츠

"이 나쁜 놈들아!"

나는 큰 소리로 외쳤다. 보라가 깜짝 놀라 나를 쳐다보았다. 어떻게 된 거냐고 묻고 싶겠지만, 그걸 설명할 시간은 없었다.

나는 먼저 갈치의 오른손을 발로 걸어찼다. 칼이 댕그랑 소리를 내며 바닥에 떨어졌다.

갈치는 보라를 놓고 내게 다가왔다. 그사이, 보라가 얼른 칼을 주워 들고 뚱보와 맞섰다.

난 갈치의 급소를 무릎으로 세게 찼다. 갈치가 아악 소리를 내며 몸을 구부렸다. 곧바로 녀석의 가슴을 발로 찼다. 녀석이 뒤로 밀려났다. 이때다. 상대가 갑작스러운 공격에 놀라 정신을 잃을 때 미친 듯이 때려야 한다. 나는 주먹으로 갈치의 배와 얼굴을 마구 때렸다. 녀석의 코에서 코피가 흘렀다. 멈추지 않고 이중 발차기로 녀석의 가슴과 배를 한꺼번에 때렸다. 드디어 갈치가 나가떨어졌다.

보라는 여전히 뚱보와 대치하고 있었다.

"보라야, 비켜."

뚱보에게 달려가 킥을 날렸다. 이 녀석은 사람이 아니야, 샌드백일 뿐이라고!

"언니, 조심해!"

"헉!"

쓰러져 있던 갈치가 언제 일어났는지, 뒤에서 허리를 발로 찼다. 순간 몸이 휘청하며, 눈앞에 별이 스무 개쯤 보였다.

이제는 갈치와 뚱보가 한꺼번에 내게 공격해 왔다.

"살려 주세요! 헬프 미! 헬프 미!"

보라가 소리를 질렀지만 지나가는 사람은 아무도 없었다.

주먹이 잘 나가지 않았다. 허리를 너무 세게 맞은 것 같았다. 통증이 등 전체로 퍼지고 있었다.

나는 주먹을 다시 움켜쥐었다. 온 힘을 다해 뚱보 녀석의 가슴팍을 향해 날렸다. 녀석은 뒤로 넘어지는가 싶더니 어느새 다시 일어나 내 배와 가슴을 때렸다. 그사이 갈치가 뒤로 와서 내 팔을 움켜쥐었다.

"고 어웨이!"

보라가 칼을 휘두르며 다가와 소리쳤다. 하지만 바로 갈치가 보라를 덮쳐 팔을 꺾고 칼을 빼냈다.

빌어먹을……, 칼까지 빼앗겨 버리다니.

녀석들은 칼로 위협하며 나와 보라를 잡아끌었다. 녀석들이 우리를 어떻게 하려는 건지, 너무 두려웠다. 왜 난 보라를 따라 여기까지 온 걸까? 아까 돌아갔어야 했다. 그랬다면 이런 일을 당하지 않았을 터였다.

하나님, 제게 동아줄을 내려 주세요!

마음속으로 간절히 빌었다. 할머니가 그랬다. 어려운 상황에 처했을 때, 하나님이 반드시 도와줄 거라고. 어렸을 때 할머니는 동화 「해님과 달님」 이야기를 해 주면서, 동아줄을 내려 준 사람이 하나님이라고 했다. 그때 나는 콧방귀를 뀌었다.

하나님, 그때 비웃었던 것 다 사과할 테니 제발 우리 좀 구해 주세요, 제발요.

"거, 한국 사람입니꺼?"

이건 무슨 소리지? 죽기 전에 환청이 들린다고 하던데. 아, 내 삶은 여기까지인가…….

"한국 사람?"

계속해서 환청이 들렸다. 왜 자꾸 한국 사람이라고 묻는 거야? 하나님도 참, 국적에 따라서 도와주려고 하는 거야? 여기는 중국이라 중국 하나님이시나?

그때 우리 쪽으로 누군가 뛰어왔다. 이번엔 환상까지?

하지만 환청도, 환상도 아니었다. 너덧 명쯤 되는 사람들이 우리 앞에 나타났다. 할머니가 하나님에게 부탁했나 보다. 그래서 동아줄이 내려온 걸 거야.

깡패들은 우리를 놓더니, 동아줄과 대치하여 섰다. 동아줄이 여러 명인 줄 알았는데, 가까이에서 보니 남자 두 명과 여자 한 명이었다. 그들은 깡패들에게 중국어로 소리를 질렀다. 분명 한국말을 하는 것 같았는데, 잘못 들었던 것 같다.

남자 동아줄이 깡패들을 향해 주먹을 날렸고, 깡패들도 지지 않고 남자에게 덤볐다. 보고 있을 수만은 없었다. 난 깡패들에게 돌진했다. 맞은 만큼 그대로 돌려줄 터였다.

난 모든 기술을 동원해서 깡패들을 때렸고 전세는 점점 우리 쪽으로 기울었다.

결국, 실컷 얻어맞은 깡패들이 뒤돌아 줄행랑을 쳤다.

"맞은 데 괜찮심꺼?"

여자 동아줄이 내게 말을 걸었다. 어, 어떻게 된 거지? 동아줄
은 또다시 한국말을 하고 있었다. 그런데 억양이 조금 특이했다.

"한국 사람입니꺼?"

"네? 네."

"여기 밤에는 억수로 위험합니더. 여자 둘이 돌아다닌가 수작
건 기라예. 아, 진짜 시껍했심더."

동아줄들은 이십 대 중반쯤 되어 보였다. 중국말을 잘해 중국
사람인 줄 알았는데, 경상도 사투리를 쓰는 걸 보니 한국에서 여
행 온 여행객들인 것 같았다.

"어데 쫌 가야겠심더. 얼굴에 피 나는 거 봐라."

여자 동아줄이 나를 가리키며 말했다. 손으로 얼굴을 닦으니,
피가 꽤 많이 묻어났다. 얼굴을 얻어맞았을 때 입술이 터진 것 같
았다.

동아줄들은 우리를 사람들이 많이 다니는 시내 중심가로 데려
갔다. 한참을 돌아다닌 끝에 간신히 약국을 찾을 수 있었다. 약국
에서 여자 동아줄은 내게 상처에 바르는 연고와 파스를 사 주었
다. 난 피가 난 입술 부위에 연고를 발랐다. 상처 난 곳에 연고가
닿으니 쓰라림이 더했다.

"건데 저녁은 묵으써예?"

"네? 아직요."

"잘됐심더. 우리도 금방 밥 묵으러 갈낀데 같이 가입시더."

"저기……."

결국 나와 보라는 그들을 따라가기로 했다. 늦은 밤에 우리끼리 돌아다니는 것이 위험했기에 선택의 여지가 없었다.

그런데 이 사람들은 뭐 하는 사람들이야? 중국어도 현지인만큼 잘했다.

"왜 날 따라온 거야? 제정신이야?"

보라가 옆구리를 툭 치며 말했다.

"그러는 넌 제정신이냐?"

"그런다고 누가 고마워할 줄 알아?"

보라가 고개를 홱 돌려 버렸다. 얄미운 계집애 같으니라고!

난 보라에게 아무 소리도 하지 못하고 동아줄들을 따라 샤브샤브 식당으로 들어갔다.

주문을 하자마자, 종업원이 각종 야채와 고기를 가져다주었다. 배가 많이 고팠는데 다행이었다. 점심을 먹는 둥 마는 둥 했고, 그마저도 깡패를 만나는 바람에 소화가 벌써 다 됐다.

"그런데 언니랑 오빠들은 한국 사람이에요, 중국 사람이에요?"

내 질문에 동아줄들이 다 같이 웃었다.

"어느 나라 사람 같아 보입니꺼?"

"한국 사람이요. 중국 사람이면 경상도 사투리를 쓸 리가 없잖아요. 그런데 중국 말도 너무 잘하는 것 같고……, 잘 모르겠어요."

"우리는 조선족입니다. 교포 3셉니더."

"네? 그런데 어떻게 경상도 사투리를 써요?"

텔레비전에서 보는 조선족들은 연변 사투리를 쓰던데?

"할부지 고향이 대구입니다."

얼굴도 동글, 눈도 동그랗게 생긴 여자 동아줄이 입을 동그랗게 오므리며 웃으면서 말했다. 그러자 옆에 있던 남자 동아줄이 거들었다.

"우리 할배도 대구입니다. 집에서는 조선말 씁니더. 그래가 우리도 그쪽 말 쓰게 됐심더."

"우아, 신기하다."

조상의 고향이 이북인 조선족들은 연변 사투리를 쓰지만, 남한에서 이주한 사람들의 후손은 남한 말투를 쓴다는 것이었다.

예전에 텔레비전에서 조선족에 관한 다큐멘터리를 본 적이 있다. 일제시대 때 일본이 우리나라 사람들을 중국으로 강제로 많이 이주시켰다. 가난해서 어쩔 수 없이 간 사람들도 많았다. 그때는 조선족이 나와 같은 민족이라는 생각을 못했다. 보면서도 저게 나랑 무슨 상관이냐고 생각했는데, 이렇게 만나 보니 완전히 우리나라 사람이었다.

"만나가 억수로 반갑심더. 우리는 가이드 일 하고 있는데, 거의 나이 묵은 분들이 마이 옵니더. 젊은 사람들은 진짜 오랜만에 만납니더. 참 제 이름은 위화입니더, 문위화."

"전 김철호."

"전 박동석입니더."

동아줄들은 자기소개를 했다.

"전 이은성이라고 해요, 얘는 주보라고요."

"만약 한국말이 안 들렸으면 구하러 안갔을 낍니더. 가들 잘못 건드리면 큰일 납니데이."

만약 이 사람들을 만나지 못했으면 어떻게 됐을까? 생각만 해도 아찔했다.

"그럼 이곳 하미가 집이세요?"

"어데예? 여긴 일하러 와심더. 실크로드가 여름이 성수깁니더. 그래가 여름에는 여서 가이드 일 하고, 다른 때는 해남도나 장가계나 중국 다른 데서 일하고 있심더."

난 차를 마셨다. 찢어진 입술에 뜨거운 차가 닿으니 무척 따가웠다.

"디기 배고플긴데 빨리 무라."

위화 언니가 고기와 야채를 건져서 나와 보라의 접시에 놓아주었다.

"이기 땅콩 소슨데 맛있다 아이가."

우리는 접시에 놓인 고기를 소스에 찍어 먹었다. 소스가 고소한 게 맛이 아주 좋았다.

고기가 사라지는 속도가 너무 빠르다 싶었는데, 보라가 허겁지겁 먹고 있었다.

"너, 혹시 점심도 안 먹은 거야?"

동아줄들에게 들리지 않게 조용히 물었다. 보라가 그렇다고 고개를 끄덕였다. 이 계집애가 잘 먹을 때부터 알아봤어야 했다. 얼마 전부터 갑자기 보라가 음식을 가리지 않고 잘 먹었다. 음식이 입에 맞으니, 여기에서 도망쳐도 걱정 없다고 생각한 거야?

"여행 중입니꺼?"

식사를 거의 마칠 때쯤, 위화 언니가 내게 물었다.

"네."

"여행 온 지 얼마나 됐십니꺼?"

"오늘이 55일째예요."

내 말에 동아줄들이 깜짝 놀랐다.

"뭔 여행을 한다꼬 그리 오래 있었십니꺼?"

"우루무치에서부터 둔황까지 도보 여행을 하고 있거든요."

"대단합니더. 진짜 이까지 걸었십니꺼?"

"네."

"진짭니꺼? 진짜? 진짜?"

그렇다고 몇 번을 이야기해도 동아줄들은 믿지 못했다. 1, 2킬로미터도 아니고 장장 1,200킬로미터를 걷는다니, 거짓말 같을 것이다.

"근데 고등학생이 와 실크로드 여행을 왔십니꺼? 학교 안 가도 됩니꺼?"

"네?"

"70일 동안 여행하는 기 가능합니꺼? 뭔 고등학교가 여름방학을 70일씩이나 하노? 한국은 여름 방학이 긴갑네?"

뭐라고 대답을 해야 할지 난감했다. 우리의 여행 목적, 그러니까 우리는 비행 청소년들인데 소년원에 가는 대신 도보 여행을 왔다고 솔직하게 이야기해야 하는 건가?

그때 보라가 나 대신 대답했다.

"저흰 대학교 1학년이에요. 다음 학기에는 휴학할 거라서 괜찮아요."

어쭈, 이 계집애 그렇게 안 봤는데 거짓말도 꽤 잘하잖아?

"그러십니꺼? 어려 보이가 고등학생인 줄 알았심더."

위화 언니가 또다시 나와 보라의 그릇에 고기와 야채를 건져 주면서 말했다.

"야야, 보라 씨하고 위화하고 안 닮았나?"

철호 오빠가 보라와 위화 언니를 번갈아 쳐다보며 말했다. 그 말을 듣고 보니, 정말 보라와 위화 언니가 닮아 보였다. 동그란 얼굴형과 웃을 때 생기는 보조개가 둘이 자매라고 해도 믿을 것 같았다.

"어데? 위화는 못되게 생겼잖아. 위화 닮았다카마 보라 씨가 기분 나쁘제. 보라 씨는 완전 순디같이 생겼제."

동석 오빠의 말에 위화 언니가 젓가락으로 오빠의 옆구리를 푹 찔렀다.

"아니에요, 보라가 순둥이라뇨. 얘가 얼마나 독한데요. 생긴 거와 달라요."

보라가 나를 째려보았지만, 난 모른 척했다. 이제까지 보라에게 당했던 것을 생각하면 속이 다 시원했다.

"위화만은 못할 겁니더. 여자가 여서 가이드 하는 기 얼마나 빡

신데 이만큼 열심히 하는 애도 없심더. 참, 위화야, 오늘 사무실로 엄마한테 전화 왔던데, 전화했나?"

위화 언니가 고개를 저었다.

"니도 참 악바리다. 니 언제까지 집이랑 연락 안 하고 살끼는데? 부모님 말 듣고 그냥 일반 회사 취직해서 사는 기 안 좋나? 디자인 공부를 뭐 또 한다꼬."

갑자기 위화 언니의 표정이 어두워졌다. 나와 보라가 당황해하자, 위화 언니가 괜찮다며 신경 쓰지 말라고 했다.

"내가 원래 디자인 학교 가고 싶었는데, 부모님이 반대 많이 했심더. 그래가 일어과에 들어갔다가, 여 왔심더. 여기 온 지 하마 삼 년이나 지났심더."

위화 언니가 웃음을 지어 보였지만, 어딘지 모르게 슬픈 웃음이었다.

"참, 둘이는 전공이 뭡니꺼?"

"네?"

대학은커녕 고등학교도 그만둔 상태인데, 전공은 무슨. 나는 보라를 째려보았다.

"만화과에 다녀요. 만화가가 꿈이거든요."

보라가 또 거짓말을 했다. 만화라니, 오늘 아예 거짓말을 제대로 하려고 작정했나 보군.

"나도 한국 만화 억수로 많이 봤는데, 난 천계영이랑 원수연 만화 디기 좋아합니더."

위화 언니가 신나서 말했다. 보라도 맞장구쳤다.

"저도 천계영 선생님 너무 좋아해요. 그분 만화 보면서 만화가가 되고 싶었거든요."

선생님? 얼씨구.

"언니 『오디션』 봤어요?"

"당연하지예."

"저 초등학교 5학년 때 『오디션』 보고, 그때부터 만화가가 되고 싶었어요."

초등학교 5학년? 절씨구.

천계영이랑 『오디션』은 모두 나와 미주 언니에게 들어서 알게 됐으면서 보라는 천연덕스럽게 계속해서 거짓말을 했다.

"보라 씨가 내랑 뭔가 통하네? 내 동생 삼았으면 좋겠심더."

"언니, 그럼 말 놓으세요. 제가 더 어리잖아요."

"그래도 됩니꺼?"

위화 언니가 나를 쳐다봐서, 나도 좋다고 고개를 끄덕였다.

"천계영 만화에 나오는 옷이 디기 괜찮제. 내 그거 보고 의상

공부 디기 많이 했다."

"맞아요. 만화에 나오는 의상이나 소품들이 다 독특해요."

보라의 거짓말은 끝날 줄을 몰랐다. 보라는 위화 언니가 만화
에 대해 이야기할 때마다 박수를 치며 좋아하는 척했다.

"그라마 은성이도 만화 공부하나?"

보라의 거짓말에 감탄하고 있는데, 화살이 갑자기 내게 날아
왔다.

"아니요, 전······."

"그라마 다른 데 다니나?"

"전······."

뭐라고 대답해야 되지? 위화 언니가 동그란 눈을 더 동그랗게
뜨고 내 말을 기다렸다.

"혹시 운동하나?"

"네?"

"아까 싸우는 거 보이 디기 잘 싸우던데, 맞제?"

"네? 네."

"어쩐지 그럴 꺼 같더라. 그러면 어떤 거 하노?"

"궈, 권투요."

나도 모르게 '권투'라는 말이 입에서 퐁 하고 튀어나왔다.

"권투?"

위화 언니가 되물었다. 하지만 그렇다는 말이 두 번은 나오지 않았다.

"은성 언니 권투 되게 잘해요. 아까 보셨죠? 언니 주먹 한 방이면 끝장이에요."

보라가 또 거짓말을 했다.

"대회도 여러 번 출전하고 상도 많이 받았어요. 그렇지, 언니?"

보라가 나를 쳐다보며 대답을 강요했다.

"응? 응."

할 수 없이 그렇다고 고개를 끄덕였다.

"저도 대회 따라가서 봤는데, 정말 멋졌어요. 은성 언니가 고등학생 때는 고등부 챔피언이었거든요."

보라야, 제발 그만 좀 해.

오늘처럼 보라가 말이 많았던 적은 없었다. 어쩌면 저 애는 보라가 아닐지도 몰라. 호랑이가 보라를 잡아먹고 보라인 척하고 있는 건지도 모른다고. 애초에 보라 같은 얌전한 애가 도망쳤다는 게 말이 되지 않았어.

도대체 너 누구야? 보라 맞아?

보라를 노려보았다. 하지만 내 시선을 느끼지 못했는지, 보라의 거짓말 대행진은 계속되었다.

"지난번에 일본 선수랑 싸워서 케이오 시켰잖아, 맞지?"

보라가 나를 쳐다보았다. 나보고 또 거짓말을 하라고? 어떻게 하지……?

"어? 맞아요. 저 권투 유망주예요. 훅이 장난 아니거든요."

나는 주먹질을 해 보였다. 앗, 내가 왜 이러지? 아무래도 여기 양치기 소녀가 한 명, 아니 두 명 있다고 신고해야 할 것 같다.

"와아, 어쩐지 아까 니 주먹 디기 시드라. 그라마 케이 원도 좋아하나?"

이번에는 조용히 듣고만 있던 오빠들이 물었다. 케이 원이라니, 내가 제일 좋아하는 거다. 이상하게 나는 드라마나 오락 프로그램보다 케이 원 중계방송이 더 좋았다.

"당연하죠."

난 흥분하며 그렇다고 대답했다.

"난 추성훈 디기 좋아하는데. 교포라 그른지 더 좋더라. 니는 누구 좋아하노?"

"전 레이 세포 좋아해요. 부메랑 훅이 장난 아니잖아요."

텔레비전에서 우연히 레이 세포가 경기하는 장면을 본 적이 있었다. 맞으면서도 끝까지 덤비면서 싸우는 모습이 정말 감동적이었다. 특히 부메랑 혹은 예술 그 자체였다. 갑자기 돌아서 부메랑처럼 펀치를 날리는 그 기술을 보고도 반하지 않을 사람은 없을 것이다.

우리는 저녁을 다 먹은 후에도 한참 대화를 나누었다. 케이 원 이야기를 하다 보니 시간 가는 줄 몰랐다. 그런데 당장 어디로 가야 하는지 걱정이 되었다. 시간이 너무 늦어 미주 언니에게 되돌아갈 수도 없었다.

"참, 잘 데는 우엔노?"

숙소 때문에 고민하고 있는데, 고맙게도 위화 언니가 먼저 물어봐 주었다.

"아직 못 구했어요."

"그라마 우리가 가르쳐 주까?"

"정말요?"

나와 보라는 동아줄들을 따라 식당에서 나왔다. 밤이라서 그런지 날씨가 꽤 쌀쌀했다.

"너거 저거 타 봤나?"

위화 언니가 길에 돌아다니는 나귀 마차를 가리켰다. 자주 눈에 띄어 꼭 한번 타고 싶었지만, 미주 언니는 절대 허락하지 않았다.

나귀 마차는 문이 달린 고급형 마차와는 거리가 멀었다. 나귀가 바퀴 달린 넓적한 마루판을 끄는 것이었다. 그래도 나름대로 장식을 한다고, 마루판 위에 기둥을 세우고 그 위에 양탄자를 씌 웠다. 이곳 사람들은 아직까지 이 나귀 마차를 자주 이용한다고 했다.

"우리 저거 타고 가자. 여 왔으니까 저 한번 타 보자. 걷기만 해 서 되겠나?"

나와 보라는 동아줄들을 따라 나귀 마차에 올랐다. 보라가 위 화 언니 옆에 앉아 버려, 할 수 없이 난 오빠들 옆에 앉아야 했다.

막상 나귀 마차를 타니, 생각했던 것만큼 재미있지는 않았다. 마차는 사람이 뛰는 속도와 비슷했다. 나귀가 뛸 때마다 마차가 움 직이며 몸이 흔들렸다. 그러자 내 마음까지 같이 흔들렸다. 내일이 면 돌아갈 수 있겠지? 그런데 왜 자꾸 불안한 건지 잘 모르겠다.

나귀 마차를 타고 십 분쯤 가서 호텔 앞에 도착했다. 평소 우리 가 묵었던 곳에 비해 외관이 더 깨끗하고 규모도 훨씬 컸다.

"우리가 손님들 델꼬 자주 오는 데니까 돈은 걱정하지 말그래 이."

내가 카운터에 600위안이라고 적힌 가격을 보고 놀라자 위화 언니가 이야기했다. 나는 멋쩍게 웃기만 했다.

다행히 호텔에서는 가이드가 소개했다고 300위안만 받았다.

"들어가 쉬라. 근데 내일 아침 몇 시기 일나노?"

"7시쯤이요."

"우리는 그때 가는데, 여서 손님들 델꼬 7시에 갈라카기든."

위화 언니가 우리에게 방 열쇠를 건네주었다. 보라는 위화 언니와 아까 식당에서 나오면서부터 바짝 붙어 계속 이야기를 나누었다. 보라는 아예 언니의 팔짱을 끼고 있었다. 몇 시간 봤다고 저러는 건지 모르겠다. 나한테도 위화 언니한테 하는 것의 반의 반, 아니 반의 반의 반만이라도 해 주면 좀 좋아?

우리는 동아줄들에게 잘 자라는 인사를 하고 방으로 들어왔다.

"후유, 힘들다."

나는 방에 들어오자마자 침대에 벌러덩 누웠다. 관광객들이 주로 묵는 숙소라서 그런지 방도 아주 깨끗하고, 이불에서 냄새도 나지 않았다. 무엇보다 공동 샤워실을 쓰지 않아도 된다는 것이 가장 마음에 들었다.

역시 비싼 곳은 다르다. 300위안이면 우리가 일주일 동안 여관에서 묵을 수 있는 값이었다. 미주 언니가 이 사실을 알면 입에 거품 물고 쓰러지겠지? 아니, 우리가 도망친 것을 알고 이미 거품을 물고 쓰러져 있을지도.

온몸이 쑤셨다. 아까 깡패들에게 얻어맞은 곳도 너무 아팠다.

"너 때문에 이게 뭐야? 힘들어 죽겠어."

나는 보라를 째려보며 말했다.

"누가 따라오래?"

저걸 그냥? 주먹이 올라오는 것을 참았다. 지금은 보라를 살살 달래서 돌아가야 했다.

"그런데 너, 미주 언니 지갑 통째로 들고 나온 거야?"

아까 보라는 미주 언니 지갑에서 돈을 꺼내 숙박비를 계산했다.

"도둑질 때문에 왔다더니, 슬쩍하는 건 잘하네."

난 당황하여 손으로 얼른 입을 틀어막았다. 하지만 이미 늦었다. 보라가 내 말을 들어 버렸다.

얼른 화제를 돌려야지.

"위화 언니 정말 대단한 것 같아. 얼마나 디자인 학교에 가고 싶었으면 이 먼 데까지 와서 일을 할까? 여기에서 집까지 기차 타고 열세 시간이 걸린대잖아. 보라 너는 위화 언니처럼 할 수 있을 것 같아?"

"글쎄, 언니는?"

"간절히 원하면 할 수 있겠지 뭐."

보라가 무슨 생각을 하는지 또 한숨을 내쉬었다.

"그런데 너, 거짓말 장난 아니게 잘하더라? 우리가 대학생이라니. 너 때문에 나까지 거짓말만 왕창 했잖아."

"나쁜 뜻에서 한 건 아닌데 뭐."

보라는 여전히 미안한 기색이 없었다. 저 가식쟁이 같으니. 보라 말이 거짓말인 줄도 모르고 위화 언니는 모두 진지하게 들어주었다.

"생각해 보니까 너무 웃겨. 내가 권투 선수라니, 히히."

하지만 나의 거짓말은 정말 환상이었다. 꿈이 뭐냐고 묻는 질문에 갑자기 권투 선수가 생각났고, 나도 보라 못지않게 거짓말을 많이 했다.

"어서 옷이나 벗어."

보라가 날 노려보며 내 침대로 다가왔다.

"왜?"

뒤로 물러서며 물었다.

"파스 붙여야 할 거 아니야."

나는 옷을 벗고 침대에 엎드려 누웠다.

"여기?"

보라가 등을 누르며 물었다.

"아니, 조금 더 아래."

"여기?"

"응, 바로 거기. …… 근데 보라야, 내일 일찍 일어나서 돌아가자."

보라가 아무 대꾸도 하지 않았다.

"야, 내 말 안 들려? 내일 갈 거지?"

보라는 내 등에 파스를 붙이고는 말없이 자기 침대로 돌아가 버렸다. 저 계집애가 돌아갈 생각이 아직도 없는 건가?

"돌아가자. 앞으로 어떻게 하려고 그러는 거야? 혼자 다니다가 또 깡패라도 만나면 어쩔 건데? 아까와 같은 상황이 또 생기면, 그땐 아무도 널 도와주지 않을 거야."

"내가 알아서 해."

보라는 혀를 쏙 내밀며 대꾸했다.

"알아서 하긴 네가 뭘 알아서 해? 아까 나 없었으면 어쩔 뻔했어? 아니, 언니 오빠들 못 만났으면? 잔말 말고 내일 아침에 일어나면 바로 미주 언니에게로 돌아가!"

"그렇게 가고 싶으면 언니나 돌아가!"

보라는 내게 쏘아붙이고는 세면 도구가 들어 있는 주머니를 들고 목욕탕 안으로 들어갔다.

다음 날 아침, 문 두드리는 소리에 잠에서 깼다. 동아줄들이 여길 떠나기 전에 우리에게 인사하러 온 것이었다.

"우린 오늘 우루무치 간데. 너거는 둔황 간다 캤제? 우리하고 반대네."

"네."

"둔황 가면 명사산에 꼭 가 보래이. 거기 억수로 좋다. 우린 가이드 일 하이 여러 번 갔는데, 그만큼 좋은 데 없데. 그러면 이제 가께."

"언니, 잠깐만요."

보라가 위화 언니를 붙잡더니 방으로 들어가 노트와 펜을 들고 나왔다.

"언니 이메일 주소 좀 적어 주세요. 한국 가면 연락할게요."

언니는 노트에 메일 주소를 적어 주었다.

"한국 가마 꼭 연락해래. 몸 단디 챙기고. 보라 니는 잘할 끼다."

위화 언니가 보라를 안아 주었고, 보라는 눈물을 글썽이기까지 했다.

"너, 되게 웃기다."

방으로 들어오면서 보라에게 말했다.

"내가 뭘?"

"웬 친한 척? 거짓말만 실컷 하고. 웃겨, 정말."

"내가 그러든 말든 무슨 상관인데?"

"누가 뭐래? 하여튼 그렇다는 거지. 너 자꾸 그러면 저 언니 쫓아가서 확 다 불어 버린다? 너 대학생도 아니고, 만화 같은 거에 관심 하나도 없다고 말이야."

"그러기만 해."

보라가 나를 째려보았다. 뭐 뀐 놈이 성낸다더니, 웃기지도 않았다.

멀뚱하니 침대에 앉아 있는데, 보라가 목욕탕 안으로 들어갔다.

아무래도 보라를 달래서 돌아가는 건 힘들 것 같았다. 미주 언니에게 전화를 걸어 우리가 있는 곳을 알려 줘야겠다.

난 보라의 가방에서 미주 언니의 휴대전화 번호가 적혀 있는 노트를 슬쩍 꺼냈다. 아직까지도 난 번호를 외우지 못하고 있었다.

어디 적혀 있더라?

노트를 뒤지고 있는데, 갑자기 목욕탕 문이 확 열렸다.

"뭐 하는 거야?"

"어? 저기."

마지막 장에 미주 언니의 휴대전화 번호가 있었다. 서둘러 번호를 외웠다. 133-3794…….

"이리 내놔."

보라가 내게서 노트를 채 갔다.

"미주 언니 전화번호 찾고 있던 거야? 나 여기 있는 거 이르려고?"

보라는 씩씩대며 노트 마지막 장을 찢어 내 갈기갈기 찢은 후 창밖으로 던져 버렸다. 언니의 전화번호는 종잇조각이 되어 멀리 날아갔다.

"너 뭐 하는 거야? 언니 번호 모르면 어떻게 돌아가려고? 우리는 길도 모르잖아?"

"나 안 돌아간다고 했잖아. 왜 자꾸 그래? 왜 내 일에 끼어들어? 역시 언니 같은 사람은 최악이야! 정말 싫다고!"

보라는 화를 버럭 내더니, 서둘러 가방을 챙겨 밖으로 나갔다. 나도 헐레벌떡 보라를 따라 호텔에서 나왔다.

보라는 뒤도 돌아보지 않고 막무가내로 걸었다.

"야, 너 어디 가는 거야?"

대답도 없었다.

"너 정말 돌아가지 않을 거야? 안 돌아갈 거냐고?"

"안 가! 싫다고 했잖아."

"그럼 미주 언니 휴대전화 번호나 알려 줘. 나 혼자라도 갈 거야. 넌 외우지? 빨리 알려 줘."

난 보라 팔을 잡아챘다. 하지만 보라는 나를 뿌리치고 씩씩대며 걸었다.

"이 계집애가 정말 사람 돌아 버리게 만드네? 너 정말 나한테 그럴 거야? 이 재수 없는 계집애야, 미주 언니 전화번호 알려 달라니깐?"

갑자기 보라가 걸음을 멈추고 고개를 돌려 나를 쳐다보았다.

"내가 왜 언니를 도와야 하는데? 말했잖아, 나 언니 너무너무 싫다고."

머리가 띵 하고 울렸다. 보라가 나를 싫어하는 줄은 알고 있었지만, 이토록 싫어할 줄은 몰랐다. 어떻게 바로 눈앞에서 내가 싫다고 말할 수 있는 거지?

"내가 왜 싫은 건데?"

"싫어. 하여튼 싫어!"

보라가 소리를 빽 지르더니, 빠른 걸음으로 걸어갔다. 난 다시 보라를 쫓아가 잡아 세웠다.

"너, 뭐가 그렇게 잘났다고 날 무시하는 거야? 내가 친구를 때려서 왔건, 선생을 때려서 왔건 그게 너랑 무슨 상관이야? 그리고 넌 뭐가 그렇게 잘났어? 너도 물건 훔쳐서 온 거잖아. 남의 물건 훔친 건 괜찮고, 친구 때린 건 죽을 죄냐? 내가 보기엔 물건 훔치는 게 더 치사하고 쩨쩨한 행동이거든?"

보라는 아무 말도 하지 않고 나를 노려보았다.

"할 짓이 없어서 남의 물건이나 훔치냐? 도대체 얼마나 훔친 거야? 친구들 것도 훔쳤냐? 지난번에 가방 빼 오는 거 보니까 장난 아니던데? 너, 앞으로 도둑질해서 먹고살아도 되겠더라! 대단해, 주보라."

"제대로 알지도 못하면서 함부로 말하지 마."

"왜? 내가 생각하는 것보다 더 대단한가 보지?"

보라는 입술을 부르르 떨면서 씩씩거렸다.

"더러운 도둑년 같으니라고. 남의 물건이나 훔치다 온 주제에 잘난 척하기는."

털썩!

갑자기 보라가 내게 달려들었고, 난 미처 피하지 못하고 뒤로 쓰러졌다.

"이 계집애가 정말?"

보라를 밀쳐 내고 일어서려고 했다. 하지만 보라가 내 왼팔을 깨무는 바람에 그럴 수 없었다.

"악! 이거 놔! 너 뭐 하는 거야?"

오른팔로 보라 머리를 때리며 벗어나려고 했다. 하지만 보라는 끄떡도 하지 않았다. 독한 계집애 같으니라고, 머리가 아프지도 않은 것 같았다.

"아파 죽겠어! 제발 그만 좀 해!"

보라가 힘이 빠졌는지 드디어 내 팔을 놓아 주었다.

"도둑년 주제에 이젠 사람까지 물어?"

팔에 잇자국이 선명하게 남았다. 주위가 울긋불긋한 것이 그대로 피멍이 들 것 같았다.

보라는 그새 또 어디론가 서둘러 가고 있었다.

"이 재수 없는 도둑년아, 어디 가?"

서둘러 보라를 따라 일어섰다.

"나한테 도둑년이라고 하지 마!"

보라는 소리쳤다.

"왜? 도둑년보고 도둑년이라고 부르는 게 뭐 잘못됐어?"

"난, 난 훔치고 싶어서 훔친 게 아니야!"

"웃기는 소리 하네. 핑계 없는 무덤 없다더니만. 도둑년 주제에."

"그렇게 부르지 말라고 했잖아!"

보라가 걸음을 멈췄다. 난 보라의 어깨를 잡아 돌려세웠다.

어라? 이건 뭐야?

악을 써 대며 소리치던 보라가 울고 있었다.

"야, 너 왜 그래?"

"그렇게 부르지 말라고! 제발 좀 그렇게 부르지 마!"

보라가 바락바락 악을 썼다.

"훔치지 않으면 죽을 것 같았어. 엄만 내가 좋아하는 만화 따윈 다 소용없는 거라고 그리지 못하게 했고, 내 만화책을 모두 찢어 버렸어. 학교 애들은 툭하면 날 괴롭히고 때렸어. 돈도 없이 매점에서 물건을 사 오라고 했고, 내 숙제 노트를 빼앗아서 찢어 버리고, 곰팡이가 쓴 빵을 먹으라고 했어. 심지어 교실에서 스트립쇼도 시켰단 말이야. 하기 싫었는데, 걔네가 시키는 대로 하지 않으면 내가 자기들을 무시한다고 생각할까 봐 시키는 대로 다 했어. 하지만 그러면 그럴수록 날 더 괴롭혔어. 아이들이 나를 괴롭히고 때릴 때마다 가슴이 터질 것 같았어. 누구에게도 말 못하는 심정이 어떤지 언니는 잘 모를 거야. 어떻게라도 하지 않으면 미칠 것 같았어. 그럴 때마다 물건을 하나씩 훔쳤어. 그래서 성공하면, 긴장감이 사라지면서 마음이 안정돼."

보라의 눈에서는 수도꼭지를 틀어 놓은 것처럼 쉬지 않고 눈물이 흘렀다.

"내가 남의 물건을 훔친다는 소문이 돌면서 아이들이 나를 더 싫어했어. 왕따라서 도둑질을 한 건데, 나중에는 도둑질을 해서 왕따가 되어 버렸어. 그렇게 나는 지독한 왕따와 도둑년으로 아이들에게 찍혀 버렸어. 난 언니가 여행을 그만두고 싶다고 미주 언니에게 말할 때마다 그렇게 말할 수 있는 언니가 너무 부러웠어. 언니는 한국에 가고 싶으니까 그 말을 하는 거잖아. 그런데 나는 한국에 돌아가고 싶지 않다고. 아무리 걷는 게 힘들어도 차라리 여기가 나아. 여기에서는 아무도 나를 괴롭히지 않으니까. 아무도 나에게 강요하지 않으니까! 한국에 있을 때는 죽고 싶다는 생각밖에 안 했어. 애들이랑 엄마가 그럴 때마다 정말 죽고 싶었어. 그래서 몇 번이고 죽으려고 했는데 다 실패했어. 손목도 여러 번 그었고, 집에 있는 약을 모조리 먹은 적도 있다고. 언니가 뭘 알아? 한국에 돌아가기 싫은 내 마음을 이해나 할 수 있겠어? 언니는 한 번도 맞아 보지 않았잖아. 왕따 같은 것도 당해 보지 않았잖아!"

난 보라의 눈물을 닦아 줄 수가 없었다. 보라가 반 아이들에게 당했다고 하는 일들은 모두 내가 왕따들에게 한 짓들이었다.

"그러니까 나한테 돌아가라는 말 하지 말고 더 이상 나 따라오지도 마."

보라는 나를 두고 성큼성큼 걸어갔다.

'가지 마, 가지 마, 보라야!'

누군가 내 입을 훔쳐 간 걸까? 보라에게 가지 말라는 말을 여러 번 했지만, 그 말은 밖으로 나오지 않고 입 안에서만 맴맴 돌고만 있었다.

어떻게 된 거지?

갑자기 말 못하는 인어공주라도 된 거야?

세상 밖으로

여긴 어디지? 교실인가?

나를 둘러싸고 아이들 수십 명이 모여 있었다. 누군가 엎드려 있고, 내가 그 아이를 때리고 있었다. 발로 차고, 머리를 때리고, 침을 뱉었다.

아이들이 점점 더 몰려왔다. 그럴수록 나는 엎드려 있는 아이를 더 힘껏 때렸다. 그런데 그 아이, 고개 한번 들지 않았다. 아무런 반응도 없었다.

한참을 때리고 나자, 그제야 맞고 있던 아이가 고개를 들었다. 누굴까? 어디에서 많이 본 얼굴이었다. 하지만 희미해서 잘 보이지 않았다.

그 아이가 일어나 내게 다가왔다.

지우다.

지우가 점점 더 내 쪽으로 다가왔다. 그런데 주위에 있던 아이들이 사라지기 시작하면서, 지우의 얼굴이 보라로 바뀌었다.

"너, 너 뭐야? 네가 왜? 왜?"

보라는 내게 다가오더니, 핏발이 가득 선 눈으로 나를 노려보았다. 보라의 눈에서는 당장이라도 피눈물이 뚝뚝 떨어질 것 같았다. 급기야 피눈물이 보라의 얼굴을 타고 흘러내렸다.

"오, 오지 마. 오지 말라고!"

하지만 보라는 계속 내게로 다가왔다.

"저리 가!"

난 소리치며 뒷걸음질쳤다. 그런데 교실이던 공간이 갑자기 낭떠러지로 변했다.

조금만 더 뒤로 가면, 낭떠러지 아래로 떨어질 것 같았다. 난 보라에게 다가오지 말라고 소리쳤다. 하지만 보라는 계속 다가왔다.

"저리 가라고, 으악!"

낭떠러지에서 떨어지면서 깨어났다. 꿈이었나 보다.

"으악!"

정말 보라가 내 얼굴을 빤히 쳐다보고 있었다.

"왜 그렇게 놀라? 꿈이라도 꿨어?"

"아, 아냐. 그런데 너 왜 내 앞에 앉아 있는 거야?"

"더 잘 거야? 나 혼자 갈까?"

"됐어. 금방 준비할게."

난 보라에게 수건을 받아 1층 목욕탕으로 내려왔다.

이틀째 같은 꿈을 꾸었다. 가끔 가다 꿈에 지우가 나올 때가 있었는데, 이번엔 지우가 보라로 변했다. 그런데 이상하게도 온몸이 욱신욱신 아프다. 때린 건 난데, 꼭 내가 두들겨 맞은 것처럼 몸 전체가 쑤셨다.

세수하고 오니, 보라는 이미 짐을 다 챙기고 나갈 준비를 끝마쳤다.

"가자."

나는 말없이 보라를 따라 여관에서 나왔다.

보라를 따라온 지 5일이 지났다. 혼자라도 돌아가려고 했지만, 길을 잃어버려 그럴 수도 없었다.

처음부터 이 계집애를 따라오는 게 아니었다. 내가 바보 멍청이다. 이 계집애가 도망치던 날, 모른 척하지 않은 걸 백만 번도 넘게 후회했다. 계집애가 나보고 돌아가라고 할 때 혼자 돌아갔어야 했다. 그랬다면 이런 고생은 하지 않았을 텐데······.

길도 모르는 보라는 무작정 걷기만 했고, 나도 어쩌지 못하고 보라의 뒤만 졸졸 따라 걸었다. 도망은 쳤지만, 과연 그런 건지 구분하기 어려웠다. 여전히 우리는 걷고 있으니까.

이제는 더 이상 보라에게 돌아가자는 말을 하지 않는다. 이야기해 봤자 내 입만 아프다. 돌아가자, 돌아가자, 수십 번을 이야기해도 돌아오는 대답은 하나다.

"안 가."

우리는 걸으면서 아무 얘기도 나누지 않았다. 미주 언니와 함께 걸을 때처럼 아침에 일어나면 걷기 시작하고, 식당이 보이면 들어가 밥을 사 먹었다. 그리고 해가 지면 근처에 있는 여관에 들어가 잠을 잤다. 어디로 가는 건지 도통 알 수 없었다. 우리는 도망자라 행선지가 따로 정해져 있지 않았다.

하지만 미주 언니와 함께 걸을 때보다 더 힘이 들었다. 하루에 걷는 거리는 그때보다 줄었지만, 몸은 더 지쳤다. 도보 여행을 할 때는 하루 일과를 마치고 여관에 들어오면, 앞으로 우리가 걸을 거리가 줄었다는 생각에 기분이 좋았다. 그런데 지금은 마음이 무겁고 막막하다는 생각만 들었다. 길을 걸으면서도 내내 답답하기만 했다.

보라는 도대체 무슨 생각을 하고 있을까? 여전히 돌아가고 싶은 마음은 없는 걸까? 이대로 계속 걷기만 할 생각인가? 도대체 여기가 어디인지는 알고 있나?

대답 좀 해 줘, 제발!

아무래도 길을 잘못 들어선 것 같았다. 점심시간이 지난 지가 한참인데 식당은 보이지 않았다. 게다가 사람들도 보이지 않고, 사막만 드넓게 펼쳐져 있을 뿐이었다.

목이 무척 말랐다. 하지만 아침에 산 생수 두 병을 벌써 다 마셔 버렸다.

어, 저건 뭐지?

저 멀리 바다가 보였다. 물결이 출렁이는 것이 분명 바다가 맞았다. 당장 뛰어가서 몸을 담그고 싶었다.

"왜 그래? 미쳤어?"

바다를 향해 뛰어가는 나를 보라가 잡아 세웠다.

"저기, 바다잖아. 나, 더워 죽겠어. 목도 마르고. 우리 바다에 가서 잠깐만 수영하자, 응?"

"저거 바다 아니야."

보라가 내 어깨를 세게 움켜잡았다.

"놔! 놓으라고."

"언니 바보야? 여기 바다 같은 게 어디 있어?"

"그럼 강이야?"

"강도 아니야. 여기에 그런 게 있을 리가 있어?"

"야, 네 눈에 저거 안 보여? 저기 파란 물결이 막 출렁이고 있잖아."

"저건 바다도, 강도 아니라니까! 저건 신기루란 말이야."

"그러니까 가자는 거잖아."

"언니, 신기루가 뭔지 몰라?"

보라가 어이없다는 듯 나를 쳐다봤다.

"알아! 사막 속의 샘을 말하는 거잖아."

"그건 오아시스지!"

잠시 헷갈렸다. '사막' 하면 자동으로 떠오르는 것이 오아시스와 신기루라서, 이 둘을 종종 착각했다. 어쨌든 신기루가 어떤 것인지는 나도 안다. 사막을 걷고 있는데, 샘처럼 보이는 것이 있어서 가 보면 아무것도 아닌 것을 신기루라고 한다. 하지만 그건 사막을 걷다가 지친 사람들이 헛것을 본 거고, 지금 나는 헛것을 볼 만큼 정신이 나가지는 않았다.

"저게 무슨 신기루야? 저건 분명 오아시스라고!"

난 보라의 팔을 뿌리치고 오아시스를 향해 뛰었다. 하지만 뛰면 뛸수록 바다는 점점 더 멀어졌다.

숨이 차서 더 이상은 뛸 수 없었다. 그러다 결국 그 자리에 멈춰
서서 호흡을 가다듬었다. 나를 따라 뛰어온 보라도 계속 헉헉댔다.

"왜 그렇게…… 빨리 뛰어? 가 봐야…… 소용없다고…… 했잖
아."

바다와 내가 달리기 시합을 하고 있는 것 같았다. 내가 가까이
갈수록 바다는 내게서 멀리 도망쳤다. 아무리 뛰어도 바다에 닿을
수가 없었다.

"왜 내 말을 못 믿고 이 고생이야? 사막 끝이 하늘과 맞닿아 있
는데, 멀리서 보면 그게 바다처럼 보이는 것뿐이야. 여기 저런 바
다가 있으면 왜 물이 부족하겠어? 저 물 가져다가 쓰면 땅도 이렇
게 마를 리가 없잖아."

보라가 숨을 가다듬으며 말했다. 듣고 보니 그런 것 같았다.

"숨 차니까, 잠깐만 여기 앉아서 쉬었다 가자."

보라가 모랫바닥에 털썩 주저앉았다. 나도 보라를 따라 그 옆
에 앉았다.

"예전에 이 길을 걷던 상인들이 저 신기루를 오아시스라고 착
각해서 그쪽을 향해 하염없이 걸었대. 하지만 가 보면 아무것도
없었다는 거야."

신기루인 것도 모르고 뛰었다니, 너무 억울했다. 목도 말라 죽겠는데 쓸데없이 힘만 낭비했다.

"언니 입술에 피 나는데?"

입술에 혀를 대 보니, 짭짤하고 비릿한 맛이 느껴졌다. 약을 바르기 위해 거울을 꺼냈다. 며칠 전에 찢어진 입술이 아직도 낫지 않았다.

거울에는 웬 노쇠한 할머니가 있었다. 입술은 부르트고, 얼굴은 까맣게 타고, 피부는 아주 엉망이었다. 여기 물이 좋지 않아서 그런지 자꾸 뾰루지 같은 게 나고, 햇볕에 탄 살갗이 벗겨져 얼룩덜룩했다. 설마 얼룩송아지가 나보고 엄마라고 부르지는 않겠지?

"야, 어디 가?"

보라는 내게 묻지도 않고 다시 일어서서 걷기 시작했다. 나는 서둘러 일어나 보라를 쫓아갔다.

이제 나는 어떻게 되는 걸까? 마귀할멈이 이탈 신고를 했겠지? 한국에 돌아가면 소년원에 들어가고? 아니, 한국에 돌아갈 수나 있을까? 보라 계집애도 돌아가는 길을 완전히 잃어버렸을 거야. 그래서 어쩔 수 없이 무작정 걷고만 있는 거라고.

아, 이탈자가 되는 것도, 소년원에 가는 것도 다 나중의 일이다. 우선, 뭐라도 좀 먹었으면 좋겠다. 난 배고파 죽을 것 같았다. 아침에 빵 한 쪽에 계란 한 개밖에 먹지 못했다. 속에서 밥을 달라고 난리였다. 더 이상은 배고파 못 걷겠다고 배가 애원하고 있었다. 미주 언니랑 있었다면 지금까지 굶지는 않았을 것이다. 마귀할멈은 하루 종일 걷게만 해서 문제였지, 밥은 제때 사 줬고 간식도 잊지 않고 챙겨 주었다.

"이 재수탱이 계집애야! 너 때문에 이게 뭐야? 나까지 이탈자가 되어 버렸잖아. 너 도대체 어디 가는 거야? 으이그, 짜증 나, 정말!"

난 보라의 등에 대고 소리를 질렀다.

"이제 네 소원대로 한국에 돌아가는 건 다 틀렸어! 이제 속이 시원하냐? 좋아 죽겠어?"

배가 고프고 목이 말라 말도 제대로 나오지 않았다.

"이게 뭐야? 난 갈아입을 옷도 없어서 찝찝해 죽겠다고!"

6일째 같은 옷을 입고 있었다. 배낭을 들고 나오지 않아, 입고 있는 옷 한 벌밖에 없었다. 그래서 하루 종일 땀에 절은 옷을 밤새 말렸다가, 다음 날 또 입었다. 옷이 축축하지는 않지만, 냄새 나는 건 어쩔 수가 없었다. 하지만 나와 달리, 배낭을 메고 온 보라는 보란 듯이 매일 다른 옷으로 갈아입었다.

"누가 따라오래? 그러지 말라고 해도 부득부득 따라온 사람이 누군데?"

저 계집애, 말 한번 못되게 한다. 할머니가 말했다. 원수를 사랑해라. 예수님이 그러셨단다. 원수를 사랑하라고. 하지만 지금은 그럴 수가 없다!

"너, 한 번만 더 그 따위로 말해 봐! 주둥이를 비틀어 버릴 거야!"

보라는 픽 웃더니 내 눈을 똑바로 쳐다보며 말했다.

"비틀어 봐, 비틀어 보라고. 해 봐, 어디 해 보라고!"

"이게?"

주먹이 올라가는 순간 보라가 결정적인 말 한마디를 날렸다.

"때리기만 해 봐, 버려 두고 간다. 언니 돈도 없잖아. 내가 버리고 가면 언닌 끝장이야."

헉, 큰일이다.

"언니, 제발 그만 좀 칭얼대. 나도 짜증 나 죽겠어."

"그럼 지금이라도 돌아가면 되잖아?"

"싫다고 했잖아! 돌아가자는 소리 한 번만 더 해 봐! 진짜 언니 버리고 갈 거야!"

조용히 보라를 따라 걸을 수밖에 없었다.

"물이나 마셔."

보라가 배낭에서 물을 꺼내 내밀었다. 아무 말도 하지 않고 받아 마셨다.

눈앞에 초원이 펼쳐졌다. 모래로 가득했던 사막 길에 조금씩 풀밭이 나오기 시작하더니, 이젠 사방이 온통 풀 천지였다. 드디어 사막이 끝난 것이었다.

"이런 곳을 오아시스라고 하는 거야. 사막 가운데 샘이 솟고 풀과 나무가 자라는 곳. 오아시스에서는 사람들이 살 수 있어. 그래서 유목민들은 오아시스를 찾아 유목 생활을 해."

보라가 내게 조목조목 설명했다. 보라는 요즘 나를 투명인간 대신 유치원생 취급했다.

"그럼 뭐 하냐고? 지금 우리한테는 이런 오아시스가 필요한 게 아니잖아."

난 보라에게 짜증을 냈다. 길을 잘못 들어선 게 틀림없다. 저녁 8시가 넘어 조금씩 해가 지기 시작하는데, 여기에는 가게나 여관 같은 것은 아예 보이지도 않았다. 주위에 이상한 천막집만 있을 뿐이었다. 이러다가 노숙이라도 해야 하는 게 아닐까 싶었다. 하지만 그건 도저히 불가능하다. 여기는 낮에는 미친 듯이 덥다가도 밤이 되면 언제 그랬느냐는 듯 기온이 영하까지 떨어지기 때문에, 바깥에서 자다간 얼어 죽을 수도 있다.

"우리 이제 어떻게 해? 잠은 어디서 자?"

"몰라."

보라가 무책임하게 대답했다.

"주보라, 똑똑한 네가 한번 말해 보시지?"

"왜 나한테 시비야?"

"내가 누구 때문에 여기까지 온 건데?"

"그러니까 누가 따라오래?"

여전히 우리는 실랑이를 벌였다.

나와 보라는 할 수 없이 풀밭에 앉았다. 밤이 늦어 더 걸을 수도 없었다.

가만히 앉아 있으니 천막집에서 유목민들이 왔다 갔다 하는 게 보였다. 유목민들의 집인 것 같았다.

"저게 이름이 뭐야?"

"유르트."

보라가 귀찮다는 듯 짧게 대답했다.

"야, 근데 저거 꼭 간이 서커스 공연장처럼 생기지 않았어?"

두껍고 흰 천으로 만들어진 유르트는 밑은 둥그렇고 지붕 쪽은 위로 살짝 올라간 고깔 모양이었다. 출입문과 지붕의 경계 부분에는 알록달록한 천으로 장식되어 있었다. 저 문을 열고 들어가면

난쟁이들이 서커스 공연을 하고 있을 것만 같았다.

하지만 평범한 위구르인들이 유르트 안을 들락날락거렸다. 그런데 이곳 위구르족은 시내에서 만났던 사람들보다 생김새가 더 이국적이었다. 얼굴이 더 까맣고 쌍꺼풀 진 눈매가 더 깊어서 이목구비가 훨씬 더 뚜렷했다.

"배고프다."

유르트 밖에서는 유목민들의 저녁 식사 준비가 한창이었다. 거의 모든 유르트 근처에서 무언가가 삶아지고 있는데, 그 냄새가 나를 더 힘들게 했다.

"쉬운 게 하나도 없네."

지친 보라가 한숨을 내쉬며 말했다.

"되는 일도 하나도 없어."

나도 절로 한숨이 나왔다. 쉬운 게 없어서 되는 일도 없는 걸까? 아니면 되는 일이 없어서 쉬운 게 없는 걸까?

한참을 멍하니 풀밭에 앉아 있는데, 우리 또래로 보이는 소녀와 일고여덟 살쯤 되어 보이는 소년이 우리에게 다가왔다. 그들은 손을 흔들며 인사를 하더니, 위구르어로 우리에게 뭔가를 물었다. 하지만 나와 보라는 무슨 말인지 모른다며 고개를 저었다.

소녀는 손으로 밥을 먹는 시늉을 하더니 두 손을 포개어 옆머리에 갖다 대며 잠자는 모습도 보였다. 그러더니 우리에게 따라오라고 손짓했다. 혹시 우리를 재워 주겠다는 건가? 나는 소녀의 몸짓을 똑같이 흉내 냈다. 그러자 소녀가 고개를 끄덕이며 웃었다.

우린 소녀를 따라 소녀가 사는 유르트로 갔다. 그곳에는 소녀의 부모님으로 보이는 아저씨와 아줌마가 있었다. 우리를 본 그들은 어서 들어오라고 손짓했다.

유르트 안은 생각했던 것보다 크고 근사했다. 바닥뿐만 아니라 벽까지 화려한 양탄자로 장식되어 있었다. 곁에서 보았을 때는 작은 그 속에 과연 뭐가 들어 있을까 싶었는데, 안에 들어와 보니 이불, 전등뿐 아니라 라디오까지 있었다.

"왜 우리를 재워 준다는 거야?"

유목민 가족이 고맙기는 했지만, 경계의 끈을 마냥 풀 수는 없었다.

"책에서 봤는데, 유목민은 손님을 재워 주는 걸 당연하게 여긴대. 이곳이 워낙 지형적으로 안전하지 않은 데다, 유목민은 떠돌아다니는 기분을 잘 알아서 모르는 손님도 환영한다나 봐."

"그래? 에라, 모르겠다. 지금 우리가 찬밥 더운밥 가릴 때냐."

양탄자 위에 누워 쉬고 있는데, 소녀가 우리에게 밖으로 나오라고 손짓했다.

밖에서는 소녀의 부모가 저녁을 준비하고 있었다. 냄비 안을 살짝 들여다보니 양고기였다.

보라는 다시 유르트 안으로 들어가서 여행 책자와 스케치북과 색연필을 가지고 나와 요리하는 가족의 모습을 그렸다. 아이들이 보라를 신기하게 쳐다봤다.

그사이에 나는 여행 책자를 훑어보며 이름을 묻는 위구르어를 찾았다.

"이스밍이즈 니메?"

소녀에게 다가가 물었다. 발음이 정확하지 않았는지 소녀는 바로 알아듣지 못했다.

"이, 스, 밍, 이, 즈, 니, 메?"

나는 손가락으로 소녀를 가리키며, 다시 한 번 한 글자씩 또박또박 말했다. 그제야 소녀가 고개를 끄덕였다.

"욜투르."

소녀는 하늘에 떠 있는 별을 가리키며 말했다. 욜투르가 별이라는 뜻인가? 나는 별을 가리키며 "욜투르?" 하고 물었다. 소녀가 고개를 끄덕였다.

"맨 이시밈 은성."

책자에 나오는 대로 내 이름을 소개했다.

"음…… 은성 이즈 스타. 음, 은성, 욜투르 쌤쌤."

나는 '쌤쌤'을 말하며, 손바닥을 두 번 쳤다. 내 이름 역시 별이라는 뜻을 지녔다. 욜투르는 눈치가 빠른지, 내 말을 알아듣고 반갑다고 손을 내밀었다.

욜투르와 악수를 하고 있는데, 욜투르의 남동생이 우리에게 다가왔다.

"맨 이시밈 카밀."

꼬마는 그 말만 남기고는 엄마에게로 달려갔다.

식사 준비가 다 되었는지 소녀의 엄마가 우리를 불렀다. 난 보라와 함께 꼬르륵거리는 배를 쥐고 음식이 차려진 곳에 가서 앉았다. 하지만 음식에는 아무도 손을 대지 않았다.

"아버지를 기다리는 건가 봐. 양고기는 가장인 아버지만 자를 수 있다고 했거든. 양고기를 자르는 것으로 아버지의 권위를 보여 준다나 봐."

잠시 후 나타난 욜투르 아버지가 양고기를 칼로 자르자, 가족들이 모두 식사를 하기 시작했다.

만약 가장이 없는 우리 집에서 양고기를 먹으려면 어떻게 해야할까? 가장이 두 명인 집에서 빌려 와야 하나? 친구 중에 엄마의 재혼으로 아빠가 두 명이라 고민하는 아이가 있다. 어차피 그 집은 가장이 두 명이라 싸움이 날 테고, 우리 집에 한 명을 빌려 주면 우리 집도 양고기를 먹을 수 있다.

그런 생각을 하자 풋, 웃음이 나왔다. 돈을 벌어 오는 엄마나 가장 어린 내가 자르면 안 되나? 규칙을 지키지 않는다고 양고기를 먹을 수 없는 건 불공평할 뿐 아니라, 불편하기까지 하다.

양고기를 자르는 데에는 규칙이 있었지만, 다행히 먹는 법은 매우 간단했다. 삶은 양고기를 소금물에 찍어 간을 맞추어 먹으면 되는 거였다. 나와 보라도 그들을 따라서 고기를 손으로 뜯어 소금물에 찍어 먹었다.

"우아, 맛있다!"

탄성이 저절로 나왔다. 여느 음식점에서 먹었던 양고기보다 훨씬 더 맛이 좋았다. 땀을 많이 흘리고 배가 고파서 그런지 정말 맛있었다.

우리가 잘 먹자 욜투르의 부모님이 좋아하며 양고기를 더 내밀었다. 괜찮다고 사양했지만, 자신들의 몫을 기어코 우리에게 넘기려고 했다. 더 사양하는 것도 예의가 아닐 것 같아서 받았다.

"러허마이티."

양고기를 받아 든 보라가 욜투르 부모님께 말했다. 러허뭐라고?

"그게 뭐야?"

"위구르어로 감사하다는 뜻이야."

나도 질세라 유목민 가족에게 감사하다고 했다.

"야, 근데 너 위구르어나 여기 정보는 다 어디서 들은 거야? 미주 언니가 너한테만 살짝 알려 준 거지?"

"아냐."

"그럼?"

"여기 오기 전에 실크로드에 관련된 책 보면서 공부했어. 두 달을 넘게 있을 곳인데 이 정도는 알아야지."

아는 것 하나 없이 무턱대고 이곳에 온 내 자신이 부끄러웠다.

식사를 마치고 우리도 그릇 치우는 것을 도우려고 했지만, 그들은 우리에게 앉아서 쉬라고만 했다.

욜투르가 엄마를 도왔고 어린 카밀까지 거들었다. 시키지도 않았는데 스스로 알아서 부모를 도왔다. 나도 할머니를 좀 도왔으면 좋았을 텐데……. 다리가 불편해 잘 걷지도 못하는 할머니가 설거지, 청소, 빨래까지 온갖 집안일을 다 했다. 엄마는 미용실이 바쁘다는 핑계로, 나는 학교에 다닌다는 핑계로 손 하나 까딱하지 않았다.

정리가 끝난 후, 욜투르와 카밀은 나와 보라의 손을 잡더니 우리를 어디론가 이끌었다.

우리는 영문도 모른 채 마냥 그들을 따라갔다. 욜투르 부모님
도 뒤를 따랐다.

"어디 가는 거야?"

"몰라."

우리가 도착한 곳은 유르트들이 모여 있는 중앙 풀밭이었다.
그곳에는 다른 유목민 가족들도 나와 있었다.

어디에선가 음악 소리가 흘러나왔고, 사람들이 음악에 맞추어
자연스레 춤을 추었다. 어떤 사람들은 대화를 나누고 음료수를 마
시면서 놀았다. 작은 축제가 벌어진 것 같았다.

"오늘이 무슨 특별한 날이야?"

"여기 사람들은 자주 이렇게 모여서 춤을 추고 논대."

보라가 내 귀에 대고 속삭였다.

어린 카밀이 사람들 틈에 껴서 춤을 추기 시작했고, 욜투르와
그들의 부모님도 흥겹게 리듬을 탔다. 그들의 얼굴에는 웃음꽃이
활짝 피었다.

신나게 구경하고 있는데, 어느새 옆으로 온 카밀이 나와 보라
를 데리고 중앙으로 나갔다. 쑥스러워서 춤을 추지 않고 가만히
서 있으니 더 창피했다.

게다가 흐느적거리면서도 빠른 템포의 음악이 내 몸을 저절로 움직이게 만들었다. 아랍 음악과도 비슷한 느낌이었다. 조금씩 몸을 흔드니, 점점 기분이 좋아졌다. 클럽에서 시끄럽게 노는 것보다 더 재미있었다.

보라와 함께 한창 신나게 춤을 추고 있는데, 처음 보는 유목민 아줌마가 다가와 우리에게 음료수가 든 컵을 내밀었다. 주위를 둘러보니, 많은 사람들이 무언가를 마시고 있었다.

"우아, 맛있다."

보라의 말을 듣고 나도 얼른 마셔 보았다. 과일주였다.

한 잔을 다 마신 보라는 아까 그 유목민 아줌마를 찾아가서 한 잔 더 달라고 했다. 그러고는 맛있다며 홀짝홀짝 잘도 마셨다.

"뭔데 이렇게 맛있지?"

저 계집애, 술인지도 모르는 것 같았다.

"그거 술이야."

"정말?"

"너, 술 처음 마셔?"

보라가 그렇다고 고개를 끄덕였다. 맙소사, 아무리 미성년자에게 술을 파는 게 금지되어 있다고 하지만, 지금까지 술 한번 마셔보지 않은 애가 있을 줄은 몰랐다. 뭐 모든 애들이 나만큼 자주 마시는 건 아니지만, 그래도 술을 한 번도 안 마셔 본 애는 처음 봤다.

"너, 땡땡이는 쳐 봤냐?"

"아니."

"설마 지각도 안 해 봤어?"

"한 번도 안 해 봤는데……."

땡땡이는커녕 지각을 한 번도 안 해 본 애가 도망치다니, 너무 어울리지 않았다.

"처음이야."

보라가 음악에 맞추어 몸을 흔들며 말했다.

"뭐가?"

"내 의지대로 행동한 거 말이야. 내가 원해서 한 건 지금 도망친 게 처음이라고. 여자는 얌전해야 한다고 해서 항상 조용히 지냈고, 학생은 공부를 열심히 해야 한다고 해서 공부만 했어. 내가 하고 싶어서 한 건 아무것도 없었어. 부모님이 하라고 하니까, 선생님이 하라고 하니까 했던 거야. 여기에 오게 된 것도 그래. 엄마가 어떻게 알았는지, 여기에 오면 소년원에 가지 않아도 되니까 가라고 하잖아. 그래서 왔어, 그리고 규정대로 걷기만 했어."

"너도 참 답답했겠구나."

보라의 상황을 상상해 보니, 절로 한숨이 나왔다.

"아, 너무 신난다. 매일 오늘만 같았으면 좋겠어!"

보라는 아예 유목민이 모여 놀고 있는 정중앙으로 가더니, 막 춤을 추었다. 그 모습을 보고 유목민들이 박수를 쳤다. 보라는 신나다 못해 살짝 정신이 나간 듯 보였다.

작은 축제가 끝나고, 욜투르네 가족을 따라 유르트로 돌아왔다. 보라는 술기운에 헬렐레하며 뭐가 좋은지 계속해서 웃고 있었다. 아무래도 바깥에서 바람을 좀 쐬다가 안으로 들어가야겠다는 생각이 들었다.

"오늘 정말 다행이야. 욜투르네 아니었으면 노숙할 뻔했잖아."

"그러게. 사람들이 너무 좋은 것 같아. 서로 너무 다정해 보이고 말이야, 그치?"

내 말에 보라가 고개를 끄덕였다.

"너무 부러워. 우리 집이랑은 완전히 정반대야. 엄마는 매일 공부만 하라고 하고, 아빠는 바쁘기만 하고, 오빠는 잘난 척만 하고……. 우리 가족은 서로 하나도 안 친해."

보라는 평소에 하지 않았던 말을 술술 내뱉었다. 보라도 욜투르네 가족이 샘나는가 보다. 나도 마찬가지였다. 밥을 먹을 때에도 욜투르는 부모님에게, 부모님은 욜투르와 카밀에게 음식을 챙겨 주느라 바빴다.

"언니네 집은 어때?"

"우리 집?"

뭐라고 대답해야 할지 난감했다. 할머니가 살아 계실 때는 누가 우리 집에 대해 물으면, 할머니와 단둘이 산다고 했다. 엄마와 할머니와 셋이 산다고 하면, 왜 아빠가 없느냐고 물어보기 때문이었다. 차라리 할머니와 둘이 산다고 해야 그냥 부모랑 따로 사는구나, 하고 더 이상 묻지 않았다.

"우리 집도 너희 집이랑 별로 다를 거 없어. 우리 집은 가족이라고 해야 나랑 엄마밖에 없는걸 뭐. 그런데 엄마랑도 사이가 별로 안 좋아. 너희 엄마는 너무 잔소리하고 강요해서 싫다고 했지? 우리 엄마는 그 반대야. 나한테 조금도 신경 쓰지 않아. 나를 키운 건 우리 할머니야."

"부모님이 이혼하셨어?"

"아니, 우리 엄마 결혼 안 했어. 우리 엄마…… 미혼모야. 엄마가 내 나이에 나를 낳았대. 그래서 나, 아빠가 누군지도 몰라. 한번도 본 적이 없어."

보라는 괜한 걸 물어봐서 미안해 죽겠다는 표정을 지었다. 하지만 보라가 그럴 필요는 없다. 아빠가 없어서 불행했던 적은 없었으니까. 다른 사람들이 내가 불행하다고 마음대로 결정해 놓았을 뿐이었다.

'아빠가 없다고? 불쌍한 것, 쯧쯧.'

'엄마가 미혼모라고? 아이고, 참 문제가 많은 가정이네. 아빠도 없이 사는 게 얼마나 힘들까?'

사람들은 내게 묻지도 않고, 내가 불행하다고 마음대로 생각해 버렸다.

"괜찮아, 아빠 없는 거 별로 나쁘지 않아. 아빠를 마음대로 상상할 수 있어서 좋을 때도 있어."

나는 가끔 아빠 상상 놀이를 했다. 아빠는 재벌 2세도 되었다가, 잘생긴 배우도 되었다가, 외로운 무명 가수도 되었다가, 때로는 못생긴 타이슨이 될 때도 있었다. 아빠 상상 놀이는 꽤 재미있다. 하지만 모든 사람들은 내가 문제만 일으키면 아빠가 없어서 그렇다고 한목소리로 말했다. 하지만 난 아빠가 있어도 문제 일으키는 애들을 많이 봤다.

"아주 어렸을 때는 원래 가족에는 엄마와 할머니만 있는 건 줄 알았어. 아이를 돌보는 것도 엄마가 아니라 할머니가 하는 게 당연하다고 생각했고. 그런데 초등학교에 갔는데 이상하더라. 다른 아이들은 '우리 엄마가', '우리 아빠가' 하면서 매일 이야기하는 거야. 우리 집에는 아예 아빠가 없고, 엄마는 그냥 엄마일 뿐인데 말이야. 그래서 한번은 밥을 먹으면서 할머니한테 물었어. '할머니, 왜 난 아빠가 없어?' 라고. 그랬더니 할머니가 밥상 위에 있는 장조림과 오이지를 가리키면서 그러더라.

'은성아, 장조림이랑 오이지가 둘 다 있을 필요는 없단다. 너는 오이지는 있어도 안 먹잖아. 아빠는 오이지야. 없어도 괜찮은 오이지란 말이야.'

할머니 말을 들어 보니, 맞는 말이더라. 나는 오이지는 있어도 안 먹으니까, 장조림만 있어도 밥을 아주 맛있게 잘 먹으니까 괜찮다고 생각했어."

당황한 할머니가 둘러댄 말이었겠지만, 언젠가부터 밥상 위에는 오이지가 전혀 오르지 않았다.

"그럼 할머니 보고 싶겠당."

보라의 혀가 짧아지면서, 발음이 조금씩 꼬이기 시작했다.

"엄청 보고 싶지. 그런데 이젠 보고 싶어도 볼 수가 없어. 작년에 돌아가셨거든. 한국에 돌아가도 나를 기다리는 사람은 아무도 없어."

"왜? 그래도 엄마 있잖앙."

"우리 엄마? 절대 나 기다릴 사람이 아니야. 우리 엄마 나 싫어해."

"설마."

"진짜야. 어렸을 때부터 그랬어. 나를 조카라고 하고, 내가 할머니랑 친하게 지내면 엄청나게 질투하고 그랬어. 그래서 나도 엄마 싫어해."

유치원에 다녔을 무렵까지는 엄마와 둘이 외출을 자주 했다. 어느 날 옷가게에서 내가 "엄마!" 하고 부르자 점원이 엄마에게 내가 딸이냐고 물었다. 나이도 어린데 벌써 이만 한 아이가 있느냐고 신기해하면서 말이다.

"아니에요, 조카예요. 얘가 장난치는 거예요."

엄마가 거짓말하며, 내가 딸이 아닌 척했다. 그 후로도 몇 번 더 그런 일이 있었다.

"우아, 언니네 엄마 귀여우시당. 근데 나라도 그랬을 것 같앙. 아니, 나라면 아예 낳지 못했을 거야. 아이한테는 미안하지만 너무 무섭잖앙. 언니네 엄마는 언니를 사랑한 게 틀림없엉. 그러니까 언니 나이에 언니를 낳은 거얌."

보라가 엄마 편을 들었다. 난 왜 이 계집애에게 우리 집 이야기를 해 버린 걸까? 친한 친구들에게도 가족 이야기를 하지 않았다. 소문을 들어 알게 되더라도, 내가 이야기하는 걸 싫어해서 친구들은 대놓고 묻지 않았다.

"아니야, 엄만 날 싫어할 수밖에 없어."

"아니라니깐. 언니네 엄마는 언니를 사랑한 게 틀림없엉. 그러니까 언니 나이에 언니를 낳은 거양."

이 계집애가 아까 했던 말을 또 한다.

"야, 너 취했어. 그만 들어가자."

보라는 벌써 안 좋은 술버릇이 생긴 것 같다. 술 취해서 했던 말 또 하는 것처럼 짜증 나는 건 없는데…… 쯧쯧, 불쌍한 보라.

"언니네 엄마는 언니를 사랑한 게 틀림없엉. 그러니까……."

"야, 알았으니까 그만 들어가자, 들어가."

난 보라의 등을 떠밀고 유르트 안으로 들어왔다.

욜투르 가족이 자고 있어, 조심스럽게 보라를 눕혔다. 보라는 눕자마자 곧 잠들었다.

나도 조용히 보라 옆에 누웠다.

중학교 2학년 때, 엄마는 결혼하려고 했다. 엄마보다 일곱 살 많은 일식집 노총각 주방장이었는데, 대머리이긴 했지만 엄마를 많이 좋아해 줘서 상관없었다. 아빠 따위 필요 없지만, 꼭 있어야 한다면 그 아저씨가 괜찮겠다고 생각했다.

결혼 날짜까지 다 잡고 순조롭게 일이 진행되던 어느 날, 갑자기 엄마가 결혼하지 않겠다고 했다. 난 엄마가 아저씨의 대머리를 끝내 못 받아들인 걸로만 알고 있었다. 그런데 나중에 할머니와 큰이모가 이야기하는 것을 듣고 결혼이 깨진 진짜 이유를 알게 됐다. 나의 존재를 알게 된 아저씨의 부모님이 강하게 반대를 했기 때문이었다. 그때 엄마는 내게 조금도 화를 내지 않았다. 툭하면 나와 할머니에게 신경질을 부리던 엄마였는데, 그때는 누구에게도 화를 내지 않았다. 다만 꽤 오랜 시간 동안 방에서 나오지 않았다. "모두 네 탓이야. 너 때문에 결혼이 깨졌잖아."라고 말했다면, 차라리 엄마에게 덜 미안했을 텐데……

엄마는 내가 엄청 미웠겠지. 왜 나는 엄마의 딸로 태어난 걸까? 왜 엄마는 내 엄마일까? 백 번, 천 번, 만 번을 물었지만 답은 나오지 않았다.

엄마가 미웠다. 아빠도 없이 태어난 아이라고 손가락질 받게 했으니까. 그리고 엄마에게 미안했다. 엄마의 혹이 되어야 했으니까. 미워, 미안해, 미워, 미안해……. '미'의 형제들 사이에 벙어리인 내가 서 있다.

오아시스를 찾아서

아침에 눈을 뜨자, 놀랍게도 파란 하늘이 눈앞에 펼쳐져 있었
다. 고깔 모양의 유르트 지붕 가운데가 뻥하고 뚫려 있어 하늘이
그대로 보이는 것이었다.

"야, 이 집 고쳐야겠다. 저 구멍 어떡하니?"

막 일어난 보라는 눈을 비비고 있었고, 욜투르 가족은 유르트
안에 없었다.

"원래 그런 거야."

"뭐?"

"빛이 들어올 수 있도록 원래 천장에 구멍이 뚫려 있는 거야.
창문이 따로 없잖아."

"그래도 비 오면 어쩌려고?"

"여기 비 거의 안 오는 곳이잖아."

깜빡했다. 구멍이 뚫려 있지 않으면 낮에 답답할 것이다.

"참, 너 괜찮아?"

이불을 정리하며 보라에게 물었다.

"뭐가?"

보라는 내가 뭘 묻고 있는지조차 몰랐다.

"어제 기억 안 나?"

"어제? 무슨 일 있었어?"

"아니야, 됐어."

보라는 어젯밤에 자신이 술주정했던 걸 전혀 기억하지 못하는 것 같았다. 그럼 내가 말했던 것도 모르겠지? 사실 오늘 아침에 보라 얼굴을 어떻게 봐야 할지 조금 걱정스러웠다.

욜투르가 유르트 안을 들여다보며 우리에게 나오라고 손짓했다. 밖에서는 가족들이 벌써 아침 식사 준비를 마치고 우리를 기다리고 있었다.

유목민의 아침 식사는 매우 간단했다. 낭과 야크 젖으로 만든 버터 '수여우', 우유로 만든 '나이차'가 다였다. 수여우는 연두부처럼 생겼는데, 버터보다는 치즈에 더 가까웠다. 조금 짰지만 낭과 함께 먹으니 짠맛도 없고 많이 먹어도 질리지 않았다. 나이차는 보이차와 우유를 섞은 것이라고 하는데, 한국에서 먹던 밀크티와 맛이 비슷했다.

이동이 잦은 유목민들은 식사를 최대한 간단하게 먹는다고 한다. 생각해 보니, 어제저녁에 양고기도 별다른 양념 없이 그냥 삶아 먹었다.

어제 저녁을 많이 먹어서 그런지, 아침을 간단하게 먹었는데도 속이 든든했다. 나와 보라는 유르트 안으로 들어와 서둘러 짐을 쌌다. 더 오래 있으면 욜투르 가족에게 폐만 끼칠 것 같았다.

"우리 욜투르네 가족에게 뭐라도 드리고 가야 하지 않을까?"

하지만 마땅히 떠오르는 게 없었다. 기념품이라도 있으면 좋을 텐데, 가지고 온 게 아무것도 없었다.

"돈밖에 없을 것 같아. 그냥 돈으로 드리자."

"그래. 보라 네가 지갑 가지고 있지? 네가 드려."

우리는 짐을 챙겨 바깥으로 나왔다.

보라가 인사를 하면서 욜투르네 아빠에게 돈을 내밀었지만 끝까지 받지 않으셨다.

하지만 그냥 가기에는 신세를 너무 많이 진 것 같았다.

"언니, 어제 내가 그린 그림이라도 드릴까?"

좋은 생각이었다. 보라는 어제 그린 그림과 여분의 스케치북과 색연필을 욜투르 가족에게 선물했다. 그들은 너무 좋아하며 연거푸 고맙다는 말을 했다.

낮에 보니, 욜투르와 카밀이 더 예뻤다. 서구적으로 생긴 얼굴도 예뻤지만, 웃음이 너무 해맑았다. 카밀이 너무 귀여워 볼에 뽀뽀를 해 주었더니, 수줍어하며 엄마 뒤로 숨었다.

욜투르 엄마는 아침에 먹은 빵을 보자기에 싸 주었다.

"하이르 휘시!"

위구르어로 '안녕히'라는 뜻을 가졌다며 보라가 알려 주었다. 우리는 이 말을 되풀이하며 그곳을 떠났다. 욜투르 가족도 우리에게 "하이르 휘시!"를 외치며 계속 손을 흔들었다.

"그런데 카밀과 욜투르가 학교엔 다니나?"

난 멀리 그들을 돌아보며 보라에게 물었다.

"아마 다니지 않을 거야. 유목민은 이동을 많이 해서 학교를 안 간다고 책에서 읽은 것 같아."

학교를 안 간다니, 한편으로는 부러우면서도 불쌍하다는 생각이 들었다. 게다가 텔레비전도 보지 못하고, 인터넷도 하지 못하니 얼마나 심심하고 지루할까?

하지만 그들은 조금도 불행해 보이지 않았다. 욜투르 가족뿐만 아니라, 여기서 만난 대부분의 유목민들이 여유롭고 평화로운 얼굴을 하고 있었다.

"여기 사람들, 비정상적일 정도로 다 행복해 보여."

"그러게. 너무 이상해."

아무 혜택도 누리지 못하고, 풀과 물을 찾아 계속 이동해야만 하는데 뭐가 그렇게 행복한 걸까?

"언니, 나 여기 처음 왔을 때, 이곳 사람들이 불쌍하다고 생각했어. 여긴 물도 없고, 날도 무덥고, 화장실도 더러우니까. 내 눈에는 모든 게 다 나쁘게만 보였어. 이런 데서 살면 얼마나 불편할까, 얼마나 짜증 날까 싶었어. 그런데 그게 아니더라."

"뭐가?"

"이곳 사람들이 인상 쓰고 있는 거 한 번도 못 봤어. 모두들 적응해서 잘 살고 있는 거 같아. 깨끗한 화장실과 좋은 집이 없어도 잘 살 수 있다는 얼굴들을 하고 있어. 내게 이렇게 말하는 것 같아. '주보라, 너는 깨끗한 화장실 쓰면서, 덥지도 않은 곳에서 실컷 물 마시면서 왜 그렇게 힘들다고 징징거리니? 도대체 넌 뭐가 불만이야?' 라고 말이야."

나도 이곳을 걸으면서 짜증 나는 것들이 한두 가지가 아니었다. 찜질방 같은 날씨, 항상 부족한 물, 더러운 숙소 등등. 길에서 만나는 아이들은 항상 얼굴에 때가 꼬질꼬질했고, 어린 나이에도 불구하고 돈을 벌려고 다니는 아이들이 많았다. 그래서 처음에는 이곳 사람들이 불행할 거라고 생각했지만 길을 걷다 보니, 점점 그런 생각이 사라졌다.

"언니, 세상에는 참 많은 기준이 있는 것 같아. 누구처럼 공부를 잘해야 하고, 누구처럼 돈이 많아야 하는 등의 기준 말이야. 왜 그것에 따라 살아야 하지? 그냥 나대로 살면 편한데, 왜 주변 사람들과 끊임없이 비교하고, 그것에 미치지 못하면 조바심을 내야 해? 에잇, 말도 안 돼."

보라가 길가의 돌멩이를 발로 걷어찼다.

"글쎄, 그건 그냥 모범 답안 같은 게 아닐까?"

"모범 답안?"

"그래, 모범 답안."

모범 답안은 미리 만들어진 그럴듯한 답이다. 서술형 주관식 문제에는 꼭 모범 답안이 있다. 그것에 가까울수록 점수를 높게 받을 수 있다.

"사는 게 쉽지 않으니까, 그냥 쉽게 모범 답안을 따르려는 건지도 몰라. 미리 정해진 답을 따르면 쉽잖아. 그럴듯하기도 하고."

"하지만 모범 답안은 모범 답안일 뿐 정답은 아니잖아. 모범 답안은 가짜야."

보라가 소리쳤다.

"맞아."

모범 답안은 정답을 가장한 채, 진짜인 척하고 있을 뿐이다. 내가 쓴 답도 읽어 보면 분명 맞는데, 선생님들은 모범 답안과 유사하지 않으면 무조건 틀린 거라고 했다. 게다가 날라리 이은성이 썼다고 하면, 무조건 반은 접고 들어갔다.

만약 모범 답안이 사라지면 어떻게 될까? 그것만 찾는 모범생들은 길을 잃고 헤매겠지? 상상만 해도 짜릿했다.

"야, 우리 이제 그만 돌아가자. 평생 떠돌이로 살 거야? 너도 힘들잖아. 더 이상 여기에서 이렇게 지낼 수는 없어."

보라가 아무 말도 하지 않았다. 예전 같으면 바로 돌아가기 싫다고 소리 질렀을 텐데, 지금은 조용했다.

"돌아갈 거지?"

보라의 눈치를 살폈다.

"아니."

"왜? 왜 안 가겠다는 건데? 도망치는 게 네가 생각한 정답이냐?"

나는 끓어오르는 화를 참으며 보라에게 물었다. 하지만 보라는 아무 대답도 하지 않았다. 마음 같아서는 몇 대 때려 주고 싶었지만, 참았다.

"야, 같이 가!"

나는 서둘러 걸어가는 보라 옆으로 재빨리 뛰어갔다.

밤 9시가 되어서야 초원을 벗어날 수 있었다. 또다시 사막 길로 들어서면 어쩌나 걱정했는데, 다행히 마을이 나오기 시작했고, 여기 저기 상점들도 눈에 띄었다.

이곳은 미주 언니와 헤어졌던 곳과 비슷한 규모의 소도시였다. 3층 이상의 건물은 하나도 보이지 않았고, 2층 혹은 단층짜리의 가게가 다닥다닥 붙어 있었다. 밤이라서 그런지 여기저기 노점상들이 몰려들어 야시장도 벌어졌다.

이곳이 어딘지는 도통 알 수가 없었다. 아직 위구르족이 눈에 띄는 것을 보니, 완전히 하미를 벗어나지는 않은 것 같았다.

"저 식당에서 저녁 먹자. 손님이 많은 걸 보니 꽤 유명한 곳 같아."

보라는 나를 끌고 외관이 화려한 음식점으로 들어갔다. 한족이 운영하는 곳으로 사람들이 위구르 음식이 아닌, 탕수육, 만두, 돼지고기 볶음, 고추잡채 등을 먹고 있었다. 그런데 인테리어가 왠지 부담스러웠다.

"여기 음식 값이 좀 비쌀 것 같은데?"

"점심도 대충 먹었잖아. 그냥 먹자."

점심으로 욜투르 엄마가 싸 준 빵밖에 먹지 못했다. 보라는 점
심 값을 아꼈으니, 저녁은 비싼 것을 먹어도 괜찮다며 계속 나를
잡아끌었다.

자리에 앉자, 깔끔하게 차려입은 한족 종업원이 차와 메뉴를
가져다주었다.

메뉴에는 요리 사진이 붙어 있었다. 우리는 그중에서 가장 맛
있어 보이는 야채볶음과 탕수육처럼 보이는 요리를 손으로 가리
켜서 주문했다.

"너 여기가 어딘 줄 알아?"

"아니."

"너 어떻게 하려고 그래? 어딘지도 모르는 곳을 계속 걸어서 어
쩔 건데? 너, 생각이 있는 거야, 없는 거야?"

"그만 좀 해. 꼭 미주 언니 같아."

"야, 내가 어디 그 마귀할멈이랑 닮았다는 거야?"

"똑같아. 계속 나한테 잔소리하잖아."

기분이 팍 상했다.

주문한 음식이 나오자, 보라는 일단 먹고 이야기하자며 허겁지

겁 먹기 시작했다.

"앞으로 어쩔 거야? 계획은 있어?"

보라는 아무 대꾸도 하지 않고 계속 먹기만 했다.

"평생 여기 떠돌아다니면서 살 거야? 그게 가능하다고 생각해? 네가 유목민이냐?"

"……."

"아예 침묵 시위를 해라, 해."

신경질을 냈지만, 보라는 또 못 들은 척했다.

"맛있네. 음식 좀 더 시키자, 좋지?"

보라는 대답하지 않고, 종업원을 불러 메뉴를 가져다 달라고 하여 음식을 하나 더 시켰다. 사진으로 보니, 빨간 양념이 된 동그란 튀김 요리였다. 맛있어 보이는 게, 일단 나도 먹고 이야기해야겠다고 생각했다.

"아, 배불러. 이제 그만 나가자. 보라야, 계산해."

보라에게 계산서를 내밀었다. 하지만 보라는 무슨 소리냐는 듯 나를 쳐다보았다.

"나한테 돈 없는데?"

"무슨 소리야? 지갑은 네가 갖고 있잖아."

"아까 율투르네 가족이랑 헤어지면서 내가 언니한테 지갑 줬잖아. 내가 스케치북 꺼내는 동안에 언니가 들고 있었어."

"내가 받았다고?"

보조 가방을 열고 그 안을 뒤져 보았다. 하지만 지갑은 보이지 않았다.

"없어. 나 너한테 지갑 받은 적 없어. 네가 다시 한 번 잘 찾아 봐."

보라는 배낭을 한참 뒤지더니, 분명히 나에게 줬다고 힘주어 말했다. 나는 받은 기억이 없는데…… 미칠 것만 같았다.

"이리 줘 봐."

난 보라 배낭을 낚아채 옆에 있는 의자에 올려놓고 샅샅이 뒤져 보았다. 하지만 지갑은 없었다.

"아이씨, 너 비상금 같은 거 없어?"

"그런 게 어디 있어?"

혹시나 해서 내 보조 가방을 뒤져 보니 안주머니에 도망 온 날, 점심 먹고 잔돈으로 받은 30위안이 들어 있었다. 그 돈으로는 어림도 없었다. 계산서에는 150위안이 적혀 있었다.

"야, 괜히 비싼 데 들어왔잖아."

평소에 먹던 곳에 들어갔다면 30위안으로도 충분했을 거다. 이렇게 비싼 음식점에 온 건 처음이다.

우리가 음식을 다 먹고도 자리에 계속 앉아 있으니, 지배인처럼 보이는 남자가 다가와 무슨 문제라도 있느냐고 물었다.

"노, 노 프로블럼."

지배인은 의심쩍은 눈으로 우리를 위아래로 훑어보더니 가 버렸다.

"어쩔 거야, 이제?"

"몰라. 그걸 나한테 물으면 어떡해?"

"네가 지갑을 잃어버렸잖아."

"분명 언니한테 줬다니깐!"

"됐다, 됐어."

지금 지갑을 줬느니, 안 줬느니 따져 봤자 소용없다. 우선 현재 상황부터 해결해야 했다.

"도망칠래?"

한국에서 친구들과 함께 음식을 먹고 돈을 내지 않은 채 도망친 적이 여러 번 있었다.

"언니, 따갑지 않아?"

"뭐가?"

"저 눈빛들이 따갑지 않느냐고?"

주위를 둘러보았다. 종업원 모두가 우리를 쳐다보고 있었다. 꾀죄죄한 차림의 여행객이라고 우리를 요주의 인물로 찍은 듯했다.

"그럼 돈이 없으니 대신 설거지나 잔심부름을 하겠다고 하는 건 어떨까?"

"중국어도 할 줄 모르는 우리에게 일을 시키겠어?"

"야, 그럼 어떡해?"

이러지도 저러지도 못하고 계속 자리에 앉아서 고민하고 있는데, 지배인이 다시 와서 계산서를 들어 보였다. 계산을 하라고 다그치는 듯했다.

"주보라, 어떻게 할 거야?"

"몰라."

이상했다. 난 쩔쩔매는데 보라는 크게 걱정하는 얼굴이 아니었다. 마치 강 건너 불구경하는 사람 같았다. 한번 도망쳐 보더니, 이젠 아예 눈에 뵈는 게 없나 보지?

"네가 말해, 돈 없다고."

"싫어. 그걸 어떻게 말해?"

"그러면 어쩔 건데?"

보라와 내가 계속 얘기만 나누니까, 지배인이 다시 한 번 계산서를 우리 눈앞에 들이밀었다.

"도망가자."

난 주먹을 불끈 쥐고 단호하게 말했다.

"말이 돼? 장담하건대 잡히고 말 거야."

보라는 내 말에 콧방귀를 뀌었다.

"그럼 어떻게 할 거야?"

솔직하게 돈이 없다고 말하면, 이 사람들은 우리를 어떻게 할까? 먼지 나도록 때린 다음에 쫓아낼까? 아니면 우리의 옷과 짐을 다 빼앗은 후에 보내 줄까? 그것도 아니면 친절하게 "하하, 괜찮습니다. 다음에 주시죠."라며 그냥 보내 줄까? 마지막 건 빼자. 그건 내가 생각해도 말이 안 된다.

우선 솔직하게 말해 보기로 했다.

"쏘리. 아임 노 머니."

내 말에 지배인이 "에?" 하며 얼굴을 찡그렸다.

"언니, '아임 노 머니'가 뭐야? 틀렸어."

"그럼 똑똑한 네가 말해. 우리는 지갑을 잃어버려서 돈이 없다고."

내가 다그치니, 보라가 우물쭈물거리며 지배인을 쳐다보았다. 그러고는 지갑을 잃어버렸다는 말을 했다.

지배인은 화를 버럭 내며 무슨 말을 했다. 안 그래도 중국어라

233

못 알아듣겠는데, 화를 내며 말하니 무슨 소리를 하는지 더 알 수가 없었다. 한 가지 확실한 건, 단단히 화가 났다는 사실이었다.

소리를 지르던 지배인은 종업원들을 불렀다. 곧 남자 종업원 네 명이 다가오더니 우리를 강제로 일으켜 세웠다. 쫓아내려는 건가? 그러면 정말 고마울 텐데.

그들은 우리를 식당 안쪽으로 끌고 갔다. 난 끌려가지 않으려고 안간힘을 썼지만, 남자 두 명이 달라붙으니 도저히 빠져나올 수가 없었다. 그들은 우리를 주방 옆 작은 방에 몰아넣은 뒤 사라졌다.

방문을 열려고 했지만 밖에서 잠겼는지 열리지 않았다.

"문 열어! 문 열라고!"

문을 두드리며 소리쳤다. 하지만 아무도 오지 않았다. 우리를 어쩔 셈이지? 혹시 이렇게 소리 소문 없이 갇혀 있다가 굶어 죽는 건 아닐까? 우리를 구하러 이곳에 올 사람은 없다.

"이 미친 계집애야. 너 때문에 나까지 이게 뭐야? 괜히 네가 도망치는 바람에 이런 일이 생긴 거잖아!"

"왜 내 탓을 해? 누가 따라오랬어?"

"네가 지갑을 잃어버리지만 않았어도 괜찮았잖아. 바보같이 지갑이나 잃어버리고."

"분명히 언니한테 줬다니깐? 자기가 잃어버리고 왜 나한테 뒤집어씌우는 거야?"

"아이씨, 난 몰라. 네가 책임져. 난 모른다고!"

우리 둘쯤 없애는 건 문제도 아니겠지……. 여기에서 이렇게 인생을 마감하게 되는 건가? 겨우 150위안 때문에 죽어야만 하다니, 너무 억울했다.

"엉엉, 난 몰라. 우리 이제 어떡해?"

"울지 좀 마. 그런다고 일이 해결돼?"

보라가 소리를 질렀다. 상황이 이런데 울지 않는 사람이 어디 있어? 이상한 건 저 계집애였다. 태연하게 앉아만 있었다.

"너, 나 죽이려고 작정한 거지? 그래서 도망친 척하고 날 여기로 끌고 온 거지? 누가 보낸 거야? 유지연? 김보람? 김태엽?"

보라의 멱살을 잡았다. 누군가의 음모가 분명했다. 저 모범생인 계집애가 도망친 것도 수상하고, 지갑을 잃어버린 것도 말이 안 된다고!

"정신 차려. 미쳤어?"

보라가 나를 밀쳐 냈다.

"제발 좀 침착해. 말도 안 되는 소리 그만 좀 하고."

그래, 음식 값 좀 안 냈다고 사람을 죽이지는 않겠지. 하지만 한참이 지나도록 아무도 오지 않으니 불안감은 점점 커져만 갔다.

　덜컥.

　누군가 문을 열고 들어왔다. 나는 달려가 외쳤다.

　"살려 주세요. 살려 주세요. 저는 아무 잘못 없어요. 제발 살려 주세요."

　경찰이었다. 경찰은 자기 팔을 꽉 잡고 있는 내 손을 떼어 냈다.

　"아 유 코리안?"

　너 한국인이냐고?

　"예스! 예스!"

　고개를 연거푸 끄덕이며 말했다.

　"쇼우 미 유어 패스포트."

　패스포트? 그게 뭐지?

　"야, 뭐라는 거야?"

　"여권을 보여 달래."

　하지만 우리는 여권을 가지고 있지 않았다.

　"야, 여권도 잃어버렸다고 말해."

　경찰은 나와 보라에게 방에서 나오라며 손짓했다.

　우리는 경찰을 따라 음식점 바깥까지 나왔다. 우리가 외국인이라 특별히 봐주려는 것 같았다.

그런데 음식점 앞에는 경찰차가 서 있었고 경찰은 친절하게 차문을 열어 주며 차에 타라고 했다. 여기까지 와서 경찰차를 타게 될 줄은 정말 몰랐다.

우리에게 소리 질렀던 지배인은 이미 경찰차 앞 좌석에 타고 있었다.

"자, 닦아."

차가 출발하자 보라가 내게 손수건을 건넸다.

"보기 추해. 풍파여고 짱이 뭐 그러냐? 툭하면 울고."

이 계집애가 진짜? 난 올라가던 주먹을 간신히 내리고 손수건을 받았다.

"언니는 너무 단순해. 뭐가 걱정된다고 그렇게 난리를 쳐? 언제나 반응이 너무 즉각적이라니까."

경찰관 앞이라 참았다. 누구 때문에 이렇게 고생을 하고 있는데, 말하는 것도 참 예쁘기도 하지.

차를 타고 십 분쯤 가니 경찰서가 나왔다. 간판에 쓰인 중국어는 읽을 줄 몰랐지만, 그 옆에 'POLICE'라고 적혀 있는 것을 보니 경찰서가 분명했다.

경찰서는 우리나라 파출소와 비슷했다. 어두침침한 회색 건물,

파란색 간판에 쓰인 딱딱한 글씨. 왜 경찰서는 다 이렇게 우울하게 생긴 걸까?

나와 보라는 죄지은 사람처럼, 아니 진짜 죄지은 사람이 되어 경찰서 안으로 쭈뼛거리며 들어갔다.

잠시 후, 우리를 데리고 온 경찰이 전단 한 장을 가져와 내밀었다. 거기에는 나와 보라의 사진이 들어 있었고, 그 아래에는 중국어로 무슨 말인가 잔뜩 적혀 있었다. 센터에서 우리를 찾는 전단을 이곳에 뿌린 것 같았다. 그런데 왜 하필 이 사진? 구치소에 있을 때 청소년 보호 센터에 내려고 찍은 건데, 인상을 잔뜩 쓰고 있어서 내가 제일 싫어하는 사진이었다.

경찰은 사진 속의 인물이 우리가 맞느냐고 물었다. 우리는 고개를 끄덕였다.

보라가 경찰 아저씨와 몇 마디 나누더니, 그를 따라 일어섰다.

"야, 어디 가?"

"전화하러. 어디 안 가니까 걱정하지 말고 앉아서 기다려."

그래, 모르겠다. 될 대로 되라지.

난 의자에 앉아 경찰서 내부를 살펴보았다. 경찰차부터 시작해서 우리나라와 별로 다를 건 없었다. 철제 책상에는 경찰 아저씨가 세 명 정도 앉아 있었고, 내부 양옆에는 길쭉한 나무 의자가 있

238

었다.

계속 도망칠 바에는 차라리 경찰서에 잡혀 있는 게 더 나을지도 모른다.

옆에 술에 취한 중국인이 있어, 난 반대편으로 자리를 옮겼다.

의자에 편하게 앉아 있자 중국 경찰과 음식점 지배인은 날 이상하게 쳐다봤다. 난 그들의 시선을 모른 척했다. 여기에 있으니 꼭 한국에 돌아온 것 같았다. 한국에서 즐겨 먹던 신라면을 먹을 때에도 그런 생각이 들지 않았는데, 자주 들락날락거렸던 경찰서에 오니 꼭 고향에 온 듯한 느낌이 들었다.

"여기가 언니네 안방이야? 왜 그렇게 편하게 앉아 있어?"

언제 돌아왔는지 보라가 나를 보고 한마디했다. 나는 의자에 뻗고 있던 다리를 내리고 똑바로 앉았다.

"우리 때문에 센터에서 난리가 났대. 우리 집이랑 언니네 집에서도 다 알게 됐고, 센터 소장님이 여기까지 오셨대. 이따가 소장님이랑 미주 언니가 오기로 했어. 여기까지 한 시간 정도 걸리는데, 지금은 늦어서 차를 구하지 못할지도 모르니까 자면서 기다리고 있으래."

난 그 말을 듣고 자리에서 일어나, 경찰과 이야기를 나누고 있는 지배인에게로 갔다. 그의 눈을 똑바로 쳐다보고 인상을 꽉 쓰며 말했다.

"유, 왜잇! 아이 윌 유 머니!"

'나 절대 당신 돈 안 떼먹어. 조금만 기다리면 우리 언니가 와서 돈 줄 거야.' 라고 말하고 싶었다. 하지만 내 뜻이 제대로 전달되지 않았는지 지배인이 '뭐 이런 게 다 있어?' 라는 표정으로 나를 쳐다봤다.

다시 의자로 돌아와 앉았다.

후유.

이제 도망은 끝났다. 더 이상 도망자 생활을 하지 않아도 된다. 하지만 도보 여행 역시 더 할 수 없다. 얼마 남지 않은 도보 여행이었는데, 보라를 따라오는 바람에 이탈자가 되어 버렸다. 한국에 돌아가면 소년원에 가야겠지…….

"어쨌든…… 미안하게 됐어. 나 때문에 도보 여행이 중단됐잖아."

아까부터 입을 열었다 닫았다 반복하던 보라는 이 말을 하려고 그랬던 것 같다.

"그러는 넌 돌아가기 싫은데 돌아가게 돼서 어쩌냐?"

보라는 내 질문에 대답하지 않고, 의자에 기대어 눈을 감았다.

얼마나 잔 걸까? 시계를 보니, 밤 12시가 조금 넘었다. 의자가 불편해서 더는 잠이 오지 않았다.

음식점 지배인은 돌아갔는지 없고, 경찰서에는 경찰 아저씨 두 명과 취객 한 명, 그리고 나와 보라만이 있었다. 보라는 의자가 불편하지도 않은지 잘도 잤다.

저녁으로 기름진 음식을 먹어서 그런지 입 안이 너무 텁텁했다. 양치를 하면 조금 나을 것 같았다.

가방에서 치약과 칫솔을 꺼냈다. 그런데 치약을 다 써, 아무리 쥐어짜도 더 이상 나오지 않았다. 보라의 치약을 빌려 쓸 요량으로 보라의 배낭을 열고 세면도구 주머니를 꺼냈다.

"언니, 뭐 하는 거야?"

지퍼를 여는 소리에 보라가 깼다.

"내 치약이 다 떨어져서. 네 것 좀 쓸게."

"안 돼."

보라는 내 손에서 세면도구 주머니를 가로챘다.

"나 입 안이 텁텁해 죽겠어. 봐, 냄새도 지독하지?"

보라의 얼굴에 입을 갖다 대고 입김을 내뿜었다. 보라는 바로 인상을 찡그렸다.

"그러니까 빨리 줘."

241

난 주머니를 뺏으려고 했지만, 보라가 꼭 잡고 있어서 쉽게 뺏기지가 않았다.

"달라니깐!"

보라 손에서 재빨리 주머니를 가로채 지퍼를 열면서 화장실로 뛰어들어 갔다.

어, 이게 뭐야?

주머니 안에는 우리가 그토록 찾던 미주 언니의 지갑이 들어 있었다. 왜 지갑이 보라 주머니 안에 있는 거지? 난 화장실을 나왔다.

"어떻게 된 거야?"

순간 누군가 내가 하려던 말을 먼저 했다. 소리 나는 쪽을 돌아봤다.

마귀할멈이었다.

미주 언니와 센터 소장님이 경찰서 안으로 들어왔다. 언니는 내 배낭을 내게 던지며 소리쳤다.

"너희, 꼼짝 말고 저기 앉아 있어!"

우리는 아무 말도 하지 못하고 나무 의자에 가서 앉았다.

"야, 어떻게 된 거야? 지갑, 어떻게 된 거야?"

보라 팔을 툭툭 치며 물었다. 하지만 보라는 고개를 돌린 채 아예 나를 쳐다보지도 않았다.

"뭐냐니까?"

보라의 주특기가 또 나왔다. 들어도 못 들은 척하기, 봐도 못 본 척하기. 미주 언니와 소장님 때문에 큰 소리로 화를 낼 수 없어서 답답할 뿐이었다.

소장님과 미주 언니는 경찰 아저씨와 한참 동안 대화를 나누었다. 이윽고 미주 언니는 지갑에서 돈을 꺼내 경찰에게 내밀었다. 우리가 식당에 내지 않은 돈인 것 같았다.

"너희, 따라 나와."

미주 언니의 목소리가 새벽바람보다도 더 차가웠다.

언니와 소장님은 우리를 근처 여관으로 데려갔다. 여관까지 가면서 언니는 계속 보라처럼 굴었다. 우리에게 말 한마디 건네기는 커녕 눈빛도 주지 않았다. 언니 주변이 온통 회색으로 물들어 버린 것 같았다. 차라리 언니가 평소처럼 씩씩대며 화를 냈으면 좋을 것 같았다.

방으로 들어온 후에도 미주 언니는 아무 말도 하지 않았다.

"어찌됐든 이렇게라도 찾아서 다행이구나. 2주만 더 참았으면 좋았겠지만, 일이 이렇게 된 걸 어쩌겠니. 비행기 표를 구하는 대로 한국으로 돌아가자."

소장님이 나와 보라의 어깨를 두드리며 말했다. 예상했던 일이지만, 막상 도보 여행이 취소되었다는 이야기를 들으니 기분이 울적했다.

"소장님, 그런데 은성 언니는 도망친 게 아니에요. 저를 말리려고 따라오게 된 거예요."

차마 내가 하지 못한 말을 보라가 대신 해 주었다. 난 주먹을 꼭 쥐고 소장님만 쳐다보았다.

"다 알고 있어. 보라 네 배낭만 없어졌잖아. 은성이한테는 안된 일이지만, 은성이 역시 이탈한 것은 마찬가지니까."

주먹이 스르르 풀렸다. 내가 괜한 걸 바란 것 같았다.

소장님은 밤이 늦었다며 방에서 나가셨다.

방 안은 조용했다.

미주 언니도, 보라도, 나도 결코 입을 열지 않았다.

난 침대에 누워 이불을 머리끝까지 뒤집어썼다. 그런데 갑자기 몸이 뜨거워지기 시작했다. 목부터 배까지 뜨거운 공기가 가득 차, 숨을 쉴 수가 없었다. 점점 목이 아프기 시작했다. 목에 무언가가 걸린 것 같았다.

할머니가 돌아가셨을 때, 엄마는 울지 않았다. 이모들과 나는 세상이 떠나가는 듯 울었지만, 엄마는 눈물 한 방울 보이지 않았다. 큰이모는 엄마에게 눈물을 참으면 안 된다고, 눈물을 참으면 대신 마음이 울게 된다고 했지만, 엄마는 계속 침만 꿀꺽꿀꺽 삼켰다. 그때 난 엄마가 너무 미웠다. 할머니가 돌아가셨는데 어떻게 눈물 한 방울 보이지 않는지 도저히 이해할 수 없었다.

"흑."

마침내 목에 걸렸던 것이 튀어나왔다. 참으려고 했지만 목이 너무 아파 도저히 참을 수가 없었다.

한번 터진 울음은 그칠 줄을 몰랐다.

이은성, 그만 울어. 제발 멈추란 말이야. 내가 지금 울면 보라가 미안해할 거야. 그러니 그만 울라고.

하지만 울음은 그치지 않았다. 이럴 줄 알았으면 조금 더 참는 건데…… 엄마는 알고 있었던 걸까? 한번 터진 울음은 멈출 수 없다는 걸, 엄마가 울면 내가 더 미안해진다는 걸?

그런데 내 울음소리에 다른 울음소리가 섞였다. 보라가 우는 것 같았다. 그뿐만이 아니었다.

침대에서 일어나 불을 켜 보니 보라뿐만 아니라 미주 언니까지 울고 있었다.

"언니는 도대체 왜 우는 거예요?"

미주 언니의 이불을 걷어 내며 물었다. 엉엉 울던 보라도 침대에서 일어나 미주 언니를 쳐다보았다.

"화가 나서, 나한테 화가 나서 그래. 내가 그날 아프지만 않았어도 너희가 도망가지 못했을 거 아냐. 2주만 더 걸으면 됐는데 너무 억울하잖아. 이제까지 걸었던 게 아까워서 어떻게 해?"

언니는 울면서 소리쳤다. 하지만 내 마음속에서 울부짖는 건 억울함과 안타까움만이 아니었다. 아쉽다는 생각이 날 더 슬프게 했다. 처음에는 이 길이 끔찍했지만, 결코 이렇게 도중에 끝내고 싶지는 않았다.

"송 선생, 무슨 일 있어요?"

소장님이 문을 두드리는 소리를 듣고 나서야, 우리가 지나치게 큰 소리로 울고 있다는 것을 깨달았다.

"도대체 왜 그래요?"

방에 들어온 소장님은 주무시고 계셨는지 잠옷 차림이었다. 아무도 대답하지 않았다.

"소장님, 저희 끝까지 걸으면 안 돼요?"

보라가 울음을 삼키며 말했다.

"보라야, 억울한 네 마음은 충분히 알아. 하지만 너희는 규정을 어겼고, 도보 여행은 취소됐어. 물론 이제까지 아이들이 도망쳐서 취소된 건 보통 여행 초기에 일어난 일이었고, 너희는 여행을 다

246

마칠 즈음에 그런 거지만 규정은 규정이잖니."

역시 어쩔 수 없겠지……. 난 고개를 숙였다. 그런데 갑자기 보라가 침대에서 일어나 바닥에 무릎을 꿇고 앉았다. 보라의 돌발 행동에 소장님은 당황해하며 어서 일어나라고 했다.

"돌아가서 소년원에 갈게요. 2주만 시간을 더 주세요. 여기에서 둔황까지 300킬로미터도 남지 않았잖아요. 소장님, 저 끝까지 걷고 싶어요. 이제까지 엄마가 시켜서 어쩔 수 없이 걸었지만, 지금은 아니에요. 저 정말 끝까지 걷고 싶어요. 여기까지 와서 한 순간의 실수로 포기하고 싶지 않아요."

"네, 제발 저희 끝까지 걷게 해 주세요. 한국에 돌아가면 꼭 다시 소년원에 갈게요. 2주만 늦춰 주세요."

나도 무릎을 꿇고 애원했다. 소년원에 가기 싫어 이곳에 왔지만, 더 이상 소년원은 내게 문제가 되지 않았다.

"여기에서 포기하고 한국에 돌아가면, 앞으로 계속 포기만 할 거 같아요. 이젠 더 이상 포기하고 싶지 않아요."

보라가 다시 울먹였다.

"끝까지 걷더라도 한국에 돌아가면 소년원에 가야 해. 그래도 해 보고 싶니?"

"네, 둔황에 있는 명사산에도 꼭 가 보고 싶어요."

우리는 소장님에게 간절히 애원했다.

"듣기 싫을지 모르겠지만, 너희는 한번 도망친 아이들이야. 지갑을 잃어버려서 어쩔 수 없이 돌아온 거고. 남은 2주 동안 또 도망칠 가능성이 충분히 있어. 그래서 나는 되도록 빨리 너희를 데리고 한국으로 돌아가야 해."

"어쩔 수 없이 돌아온 거 아니에요."

"뭐?"

"지갑 잃어버리지 않았어요. 제가 돌아오고 싶어서 일부러 지갑을 숨긴 거예요."

보라는 세면도구 주머니를 배낭에서 꺼내 왔다. 지갑의 비밀이 드디어 풀렸다.

그러자 소장님은 매우 곤란해하며, 쉽게 대답하지 못했다.

"글쎄, 이런 경우는 처음이라서……."

"제가 책임지고 애네들 데리고 있을게요. 2주만 더 시간을 주세요. 경비는 제가 책임질게요."

미주 언니까지 나서서 소장님에게 간청했다.

"아니, 송 선생. 경비 문제가 아니잖아요."

"소장님, 부탁 드릴게요."

"이건 내가 결정할 수 있는 문제가 아니에요. 내일 아침 한국

센터에 전화를 걸어 의논해 볼게요."

소장님은 쉽지 않을 거라는 말을 남기고 방에서 나가셨다.

"많이 기대하지는 마. 소장님 말씀처럼, 이 상황에서 누구도 선뜻 허락하기 어려울 거야. 하지만 나도 최선을 다해 볼게. 그만 자자, 졸려 죽겠어."

미주 언니가 불을 끄고 침대에 누웠다. 나와 보라도 언니를 따라 누웠다.

"언니, 우리한테 화 많이 났었죠?"

"당연하지! 어떻게 아픈 나를 두고 도망칠 수가 있니? 배신감이 얼마나 컸는지 몰라."

미주 언니에게 너무 미안한 마음이 들었다.

"하지만 어쨌든 무사히 돌아와서 고마워. 얼른 자라, 하이킹 걸즈."

미주 언니의 목소리가 어둠을 뚫고 울려 퍼졌다.

난 고맙다는 말을 하고 싶었지만, 그 말이 목구멍 위로 올라오지 않았다. 대신 다른 말을 했다.

"러허마이티."

내 말은 메아리가 되어 다시 울려 퍼졌다. 보라였다.

피식, 하고 미주 언니가 웃는 소리가 들렸다.

앞으로 우리는 어떻게 될까? 둔황까지 걸어갈 수 있을까?

무언가를 바라고 기대하는 일은 내게 익숙하지 않다. 남들 다 가진 아빠를 갖기 원했지만 아빠는 생기지 않았고, 엄마와 다정한 아이들을 보고 엄마와 친해지기를 바랐지만 엄마는 항상 멀리 있었다. 그래서 나는 언젠가부터 아무것도 바라지 않았다.

하지만 지금만은 간절히 바랐다. 둔황까지 걸을 수 있기를.

나, 그래도 되겠지?

바람아, 불어라

오늘도 미주 언니는 해가 뜨지 않은 이른 새벽부터 우리를 깨웠다. 아침 일찍 일어나는 일에 익숙해질 때도 되었지만, 여전히 쉽지 않았다.

"그래도 오늘은 명사산에 가는 날이니까 기분 좋게 일어나."

명사산이란 말에 정신이 번쩍 들었다.

"오늘 둔황 시내까지 가야 해. 지금 서두르지 않으면 명사산에 가서 모래 썰매를 못 탈지도 몰라."

나와 보라는 서둘러 일어났다. 명사산에 가기 위해 우리의 한국행이 늦춰졌다. 공식적인 도보 여행은 취소되었지만, 센터의 배려로 2주 늦게 한국에 돌아가게 된 것이었다. 그래서 우리는 원래 일정대로 둔황 시내까지 걸을 수 있었다.

10일 전 결정이 내려졌을 때에는 앞으로 절대 게으름 피우지 않고 열심히 걷겠다고 다짐했지만, 막상 걷기 시작하니 생각대로 되지는 않았다.

"오늘은 운동화 대신에 장화 신어. 발이 모래 속으로 푹푹 빠지기 때문에 신발 속에 모래가 많이 들어가. 그러면 엄청 골치 아파. 모래가 너무 미세해서 털어도 그냥 남아 있거든. 하지만 발목 위까지 올라오는 장화를 신으면 그럴 염려가 없지."

미주 언니가 장화를 신으며 말했다. 여행을 시작할 때부터 가지고 다녔던 장화를 도대체 언제 신을 수 있나 했는데, 드디어 기회가 온 것이었다.

운동화 대신 장화를 신으니까 정말 모래 산에 가는 기분이 들었다. 오늘은 특히 더 목이 마를 것이라는 언니 말에 슈퍼마켓에 들러 물을 2리터나 샀다.

조금씩 해가 떠올라 주위가 밝아지고 있었다. 여기저기 바쁘게 움직이는 둔황 사람들의 모습도 보였다.

둔황은 이제까지 우리가 거쳐 온 곳과는 분위기가 많이 달랐다. 우리가 걸었던 우루무치, 투루판, 하미까지는 신강 위구르 자치구라서 위구르 색이 짙었는데, 둔황부터는 간수성 지역으로 우리가 흔히 생각하는 낯익은 중국의 모습이었다. 여기에는 대부분

한족들이 살고 있어, 위구르족은 거의 볼 수 없었다. 이제야 진짜 중국에 도착한 것 같았다.

오늘도 역시 배낭이 무거웠다. 이렇게 무거운 배낭을 들고 80일 가까이 걸었는데도 살이 조금도 빠지지 않았다는 것이 이상할 따름이었다.

"정말 신기하지 않아요? 살이 하나도 안 빠졌잖아요."

"너, 그만큼 많이 먹었잖아."

반박할 수가 없었다. 언니의 말이 정답이었다. 길을 걸으면 걸을수록 식욕이 더 살아났다. 향신료가 입에 맞지 않아 음식을 남겼던 게 아주 먼 옛날 일 같았다.

숙소를 나와 두 시간쯤 걷자, 길이 점점 자갈길에서 모래밭으로 바뀌었다. 주위가 온통 금가루를 뿌려 놓은 것처럼 노랬다.

몸을 숙여 손으로 모래를 만졌다. 모래는 생각보다 훨씬 더 가늘어, 후 하고 불면 날아가는 모래 가루에 가까웠다. 여기를 맨발로 걸으면 어떤 느낌이 들지 궁금해졌다.

"잠시만요."

난 배낭을 벗고 모래 위에 앉아 장화와 그 양말을 벗었다.

"너 뭐 하는 거야? 또 무슨 짓 하려고? 설마 맨발로 걷게?"

미주 언니의 말에 아무 대꾸도 하지 않았다.

"이은성, 뜨거워서 안 돼. 빨리 장화 신어."

"싫어요."

난 일어나서 걷기 시작했다.

뜨거운 모래가 발바닥에 닿아 발을 간질였다. 해변의 모래는
알갱이가 커서 밟으면 아픈데, 여기 모래는 너무 가늘고 작아서
조금도 아프지 않았다.

"은성 언니, 어때?"

"너무 좋아. 너도 해 봐."

"그럴까?"

보라도 나를 따라서 장화와 양말을 벗었다.

"보라 너까지 그러는 거야? 이 뜨거운 모래 사막 위를 맨발로
걷는 사람은 너희밖에 없을 거야. 둘 다 정말 못 말려."

미주 언니가 혀를 끌끌 차며 말했다. 우리는 전혀 개의치 않고
계속 맨발로 걸었다.

그런데 모래가 너무 뜨거워서 더 이상은 걷기 힘들었다. 찜질
방에 있는 옥돌을 밟는 것 같았다. 그렇지 않아도 날씨가 더워 찜
질하는 기분으로 걷고 있는데, 발바닥까지 찜질을 하고 싶지는 않
았다. 나와 보라는 다시 양말과 장화를 신었다.

"내 그럴 줄 알았다. 어른 말을 들으면 자다가도 떡이 생겨."

"저 떡 별로 안 좋아하거든요?"

나는 미주 언니에게 혀를 쏙 내밀었다.

"저기, 낙타야!"

장화를 신고 일어서는데 보라가 소리쳤다. 보라가 가리키는 곳을 보니, 낙타가 여러 마리 지나가고 있었다.

"어제 우리가 먹은 거잖아."

낙타를 보니 침이 꼴깍 넘어갔다.

어제 저녁 메뉴는 낙타 발바닥이었다. 간장으로 양념을 한 낙타 발바닥은 부들부들하면서 쫄깃한 게, 꼭 잘 익은 돼지 족발과 비슷한 맛이었다. 하지만 족발보다 더 부드러워서 입에서 살살 녹았다.

그런데 이 지역 사람들은 낙타 발바닥을 먹지 않는다고 했다. 그러니 그 요리는 모두 관광객을 위한 것이었다. 유목민들이 옛날부터 이동 수단으로 이용했던 낙타를 아끼는 마음에서 먹지 않는 것이었다. 이곳 사람들은 낙타를 무척 아껴서 죽을 때까지 계속 일을 시키지도 않는다. 낙타의 수명이 보통 삼십에서 사십 년인데, 낙타가 서른 살이 되면 그동안 수고 많이 했다는 의미에서 풀어 준다고 한다.

"조금 있다가 명사산에 도착하면 낙타를 가까이에서 볼 수 있을 거야."

"우아, 정말요?"

"응. 그리고 낙타를 직접 타 볼 수도 있어."

오호, 기회다. 이따 미주 언니를 졸라서 꼭 타 봐야지.

한참을 걸으니, 아스팔트 길이 펼쳐지면서 점점 사람들의 모습이 보이기 시작했다.

드디어 명사산 입구에 도착한 것이었다. 아스팔트로 길이 깔려 있는 명사산 입구에는 산에 오르려는 사람들로 붐볐다.

"낙타가 정말 많다!"

이곳에는 사람만큼 낙타도 많았다. 낙타들은 가만히 앉아 되새김질 중이었다. 마치 껌을 씹는 듯한 되새김질하는 모습을 보니 속이 안 좋아졌다. 여기저기 낙타 똥도 보이고, 이상한 냄새도 났다.

우리는 낙타 옆으로 조금 더 가까이 다가갔다. 낙타는 생각했던 것보다 훨씬 더 컸다. 멀리서만 봤지 가까이에서 본 적은 처음이었다.

낙타는 너무 못생긴 것 같았다. 눈이 커서 얼굴은 예쁜데, 등에 볼록 튀어나와 있는 혹 두 개 때문에 꽝이었다. 혹만 아니었어도 이상하진 않았을 텐데, 너무 안타까웠다. 낙타도 아마 자기 혹을 무지 싫어할 테지?

명사산 입구에서 산까지는 500미터 이상 떨어져 있었다. 저 멀리 보이는 모래 산 중턱을 오르는 관광객들이 꼭 개미만 한 크기라서 마치 산 여기저기에 점이 찍혀 있는 것만 같았다.

"여기에서 낙타 타고 십 분 정도 가면 명사산에 도착해. 어떻게 할래? 너희 낙타 탈래?"

"당근이죠."

"전 싫어요."

보라는 무서운지 싫다고 했다.

"다 같이 낙타를 타고 가든지, 아니면 걷든지 해야 해. 따로 가면 길 잃어버린단 말이야."

나는 낙타를 꼭 타고 싶었다. 살면서 낙타를 타 볼 기회는 많지 않다.

"보라야, 낙타 하나도 안 무서워. 별로 높지도 않잖아."

"떨어지면 어떡해? 나 어렸을 때 말에서 떨어진 적 있어."

"야, 말이랑 낙타랑 같냐? 낙타는 혹 사이에 앉으니까 안전할 거야."

내 말에 보라가 조금 고민하는 듯했다.

"명사산에 오르려면 다리 엄청 아플걸? 잠깐만이라도 낙타 타고 가자, 응?"

"알았어."

결국 보라가 넘어왔다. 대신 보라는 조금 작은 낙타를 타기로 했다. 미주 언니가 낙타 주인에게서 사 온 표를 우리에게 한 장씩 건넸다.

"낙타는 올라탈 때와 내릴 때만 조심하면 돼. 낙타가 갑자기 일어서거나 앉으니까. 무서워하지 말고 낙타가 움직이는 대로 몸을 같이 움직여 주면 돼. 보라는 너무 겁먹지 말고, 은성이는 너무 흔들어 대면 안 돼, 알았지?"

나는 낙타쯤이야 문제없다고 큰소리쳤다. 하지만 막상 낙타 위에 앉으니 조금은 무서웠다. 안장 앞에 있는 손잡이를 꽉 잡았다.

먼저 보라의 낙타가 일어섰다. 너무 갑작스러웠는지 보라는 놀라서 꺅 하고 소리를 질렀다. 낙타는 앞발을 먼저 일으킨 다음 뒷발을 일으켰다.

뒤이어 내가 탄 낙타가 일어났다. 너무 순식간의 일이라 당황했다. 하지만 미주 언니가 시키는 대로 낙타가 앞발을 일으킬 때 그 리듬에 맞춰 몸을 뒤로 살짝 눕히고, 뒷발을 일으킬 때 몸을 앞으로 숙이니 안전했다.

낙타가 앉아 있을 때는 잘 몰랐는데, 일어선 걸 보니 키가 꽤 큰 것 같았다. 떨어지면 다칠 수 있는 높이였다. 그래서인지 보라는 잔뜩 긴장한 표정을 짓고 있었다.

"달랑달랑."

낙타의 목에 걸려 있는 방울이 낙타가 움직일 때마다 달랑거리며 맑은 소리를 냈다. 정신을 집중해서 방울 소리를 들었다. 이 소리에 상인들이 홀렸다고 했지? 여기에 무슨 마력이라도 있는 걸까? 하지만 난 아무리 들어 봐도 잘 모르겠다.

"이 낙타들 이제 살날이 얼마 남지 않았나 봐."

미주 언니가 낙타 혹을 쓰다듬으며 말했다.

"언니가 낙타의 수명을 어떻게 알아요? 마귀할멈이라 모르는 게 없나?"

미주 언니가 나를 째려보며 주먹을 들어 올렸다. 하지만 꿀밤을 때릴 수가 없는 거리였다.

"낙타 봉이 작잖아."

"그게 무슨 상관인데요?"

"낙타 봉 속에 영양분이 들어 있거든. 사막을 건너려면 오랫동안 먹지 못해도 버텨야 하잖아. 낙타는 음식을 먹으면 봉 속에 영양분을 축적해 둬. 그래서 나이를 먹을수록 낙타 봉이 작아지는 거야."

난 낙타의 봉을 만져 보았다. 봉은 딱딱하면서도 아주 부드러웠다. 혹이라고만 생각했는데, 봉은 낙타에게 꼭 필요한 것이었다. 봉이 없으면 낙타는 사막을 건너지 못할 것이다.

'이 봉은 나에게 아주 소중한 거야.'

낙타가 내 귀에 대고 조용히 속삭였다.

낙타가 느릿느릿 걷는 것 같았는데, 보폭이 커서 그런지 생각보다 빨리 명사산 아래에 도착했다.

낙타에서 내릴 때도 탈 때처럼 낙타가 움직이는 대로 몸을 같이 움직였다.

모래 산은 멀리서 봤을 때는 보통 산과 다르지 않았는데, 가까이에서 보니 기분이 묘했다. 어렸을 때 놀이터에서 자주 하던 모래 뺏기 놀이가 떠올랐다. 모래로 산을 만든 후에 꼭대기에 깃발을 꽂은 후, 한 사람씩 두 손을 이용해 모래를 끌어간다. 그때, 깃발이 넘어지면 지는 거다. 손으로 훔칠 수 있는 모래 산이 몇 백만 배 커져서 눈앞에 있는 것 같았다. 과연 저 산을 오를 수 있을까? 발로 밟으면 푹 하고 온몸이 모래 속으로 빠져 버릴 것 같았다.

"배낭 제대로 메고, 신발 잘 신었는지 확인해. 산 정상에 오르려면 한참 걸어야 해."

산에 오르기 전, 다시 한 번 장화와 마스크를 확인했다.

"자, 그럼 가자."

이번에는 미주 언니가 앞장서기로 했다.

모래 산에 오르는 일은 결코 만만치 않았다. 모래 속으로 발이 푹푹 꺼지고, 모래 바람이 얼굴을 후려치고, 모래 알갱이가 눈에 들어가기 일쑤였다. 보통 산을 오르는 것보다 훨씬 어려웠다.

게다가 산 아래에서 봤을 때는 몰랐는데, 올라 보니 산이 너무 가팔랐다. 뒤를 살짝 돌아봤는데, 경사가 무척 심했다. 아래를 내려다보고 나니 그렇지 않아도 힘들어서 떨리던 다리가 더 후들후들 떨렸다.

옆에는 상인들이 걷기 편하도록 나무 계단을 만들어 사용료를 받고 있었다. 미주 언니가 계단으로 올라가겠느냐고 물었지만, 나와 보라는 그냥 모래 위를 걷겠다고 했다.

거센 바람이 계속 불었다. 그런데 바람 소리라고는 할 수 없는 기묘한 소리가 들렸다.

"보라야, 너 무슨 소리 안 들려? 쉭쉭거리면서 이상한 소리."

"아, 이건가 봐. 미주 언니가 말했던 거."

"모래가 운다는 거 말이야?"

미주 언니는 '명사산(鳴砂山)'이란 이름이 '모래가 우는 산'이라는 뜻이라며, 이곳에 오면 그 소리를 들을 수 있을 거라고 했다. 하지만 나와 보라는 말도 안 된다며 그 말을 믿지 않았던 것이다.

그런데 진짜로 모래가 울고 있었다. 모래와 바람이 부딪힐 때마다 사각거리는 소리가 들렸다. 마치 둘이 잘 만나고 있으니 걱정하지 말라는 신호를 보내고 있는 것만 같았다.

"언니, 나 모래 바람 때문에 도저히 눈을 못 뜨겠어."

갑자기 보라가 걸음을 멈추며 말했다. 눈에는 눈물이 고여 있었다.

"그러면 눈 감고, 내 손 잡고 걸어."

"언니 힘들잖아."

"너 그러다 넘어져. 나는 눈이 작아서 모래가 잘 들어오지 않아."

한참을 고민하던 보라가 내 손을 잡았다.

"언니, 기분이 아주 묘해. 눈을 감고 걸으니까 무슨 모래 동산에 놀러 온 것 같아."

방금 전까지 눈물을 흘리며 힘들다던 보라의 기분이 금세 좋아졌다.

"눈을 감으니까 모래 우는 소리도 더 잘 들려."

"정말?"

나도 눈을 감았다. 앞으로 걷기만 하면 되니까 잠깐은 괜찮았다.

모래를 밟을 때마다 모래 속으로 빨려 들어가는 듯했다.

모래 속으로 들어가면 새로운 세상이 펼쳐질까? 마법의 양탄자를 탄 알라딘이 요술 램프를 켜고, 손오공이 구름을 타고 있을지도 모른다.

더 이상 균형을 잡지 못할 것 같아서 다시 눈을 떴다. 미주 언니는 저 앞에서 걷고 있었고, 명사산의 정상은 아직도 한참 남았다. 조금 더 부지런하게 걸어야 했다.

"은성 언니, 고마워."

"응?"

"지난번에 일본 애들이 나한테 시비 걸었을 때, 나 사실 많이 무서웠어. 그때 도와준 것도 고맙고, 도망치는 나 따라와 준 것도 고마워. 언니 아니었으면 돌아오지 못했을 거야."

난 쑥스러워 아무 말도 하지 못했다.

"그리고 너무 미안해."

"야, 됐어. 다 지난 일이잖아. 그리고 이렇게 계속 걷고 있잖아."

보라는 도보 여행이 취소된 것 때문에 계속 나에게 미안해했다.

"그거 말고……."

"응?"

"언니를 미워했었어. 아주, 아주 많이. 언니가 나를 때린 게 아닌데, 언니는 아무 상관도 없는 사람인데, 언니가 친구를 때려서 왔다는 말에 너무 미웠어. 언니가 꼭 나를 때렸던 애들 같았거든. 그래서 한동안 언니가 말을 걸어도 대답도 하지 않고 쳐다보지도 않았어. 언니도 내가 미웠지?"

난 긍정도, 부정도 할 수 없었다. 나를 미워한 보라에게 화가 났던 것은 사실이었다. 친하게 지내던 사람이 갑자기 등을 돌리는 것처럼 무서운 건 없기 때문이었다. 하지만 자기의 잘못을 시인하는 건, 잘못을 하지 않는 것만큼 어려운 일이다. 끝내 나는 지우에게 미안하다는 말을 하지 못했다.

지우는 초등학교 6학년 때 단짝이었다. 하지만 우리는 다른 중학교에 입학하면서 잘 만나지 못하다가, 같은 고등학교에 배정받아 고1때 다시 만났다. 난 지우가 너무 반가웠지만, 우리는 이미 서로 노는 부류가 달랐다.

그런데 어느 날부터 나에 관한 소문이 아이들 사이에 돌기 시작했다. 우리 가족에 대해서 말이다. 난 소문을 낸 사람을 가만두지 않겠다고 별렀는데, 그 말을 처음 한 사람이 바로 지우였다. 지우는 초등학교 때 나와 친했기 때문에 우리 집에 관해 많은 것을 알고 있었다. 난 아이들이 보는 앞에서 지우를 때렸고, 그 일로 많은 아이들이 지우를 괴롭혔다. 나중에 안 사실이지만, 지우는 자기와 친한 아이에게 딱 한 번 말했을 뿐이었고, 그걸 다른 아이가 퍼트리고 다녔던 것이다. 하지만 나는 지우에게 사과하지 않았다. 그리고 난 얼마 지나지 않아 패싸움에 연루되어 유급되었다.

올해 3월 학교에 다시 돌아갔을 때, 2학년이 된 지우를 몇 번 만났다. 하지만 지우도 나도 서로 아는 척하지 않았다.

아무리 높이 올라도 모래 산의 정상은 보이지 않았다. 이곳에서 나는 너무 작았다. 아까 산 아래에서 보았던 것처럼 나 역시 개미만 한 점으로 보이겠지? 하지만 난 언제나 내가 제일 잘났다고 생각하며, 아이들이 나를 무서워하면 왕이라도 된 것처럼 우쭐댔다. 마음에 들지 않고 기분 나쁜 애가 있으면 그 아이를 때렸다. 한번 그러고 나면 아이들은 절대 나를 무시하지 못했다.

하지만 난 두려웠다. 주먹질을 하고 난 후에는 꼭 다른 새들의 깃털을 모두 주워 자기 몸에 꽂았던 까마귀가 생각났다. 앵무새의 화려한 빨간 깃털과 공작새의 반짝이는 노란 깃털, 백조의 기품 있는 하얀 깃털, 그건 사실 까마귀의 것이 아니었다. 까마귀는 두려웠을 것이다. 다른 새들이 자기를 보며 아름답다고 칭송할 때, 깃털이 가짜인 것이 밝혀질까 봐 속으로는 벌벌 떨었을 것이다.

"누가 그래, 나 아빠 없다고?"

"우리 엄마가 미혼모라고? 헛소리하지 마!"

"니가 뭔데 우리 가족에 대해 함부로 떠들어!"

"지금 나 무시하는 거야? 그 눈빛이 뭐야?"

주먹이 한 대씩 날아갈 때마다 나는 더 커졌다. 하지만 모든 게 갑자기 터져 버릴까 봐 너무 무서웠다.

"보라야, 한국에 돌아가서 누가 너 또 괴롭히고 때리면, 그때는 가만히 있지 마. 너도 똑같이 화를 내. 죽으려고 했다고? 그러면 그 마음으로 덤벼. 왜 바보같이 죽겠다는 생각을 해? 억울하지도 않아? 걔네한테 복수하란 말이야. 걔네들 아무것도 아니야. 잘난 게 아무것도 없으니까 반 아이들 괴롭히면서 잘난 척하는 거라고. 누가 너한테 이상한 짓 시키면, 싫다고 화를 내. 책상이라도 들어서 던져 버리라고. 네가 세게 나오면 걔네 절대 너 못 건드려. 그런 바보들 때문에 죽겠다고 생각하는 거, 너무 억울하잖아."

난 보라에게 화를 냈다. 하지만 보라를 향한 것이 아니었다.

"언니, 잠깐만. 물 좀 마시고 가자."

보라가 멈춰 섰다. 보라는 산비탈에 앉은 후, 보조 가방에서 물을 꺼냈다. 나도 보라를 따라 바닥에 앉아 물을 마셨다.

"있잖아, 언니. 저기, 이건 그냥 내 생각인데 말이지. 언니네 엄마 말이야."

"우리…… 엄마?"

놀라서 보라를 쳐다보았다. 하지만 보라는 시선을 물병에 고정한 채, 계속해서 물병만 만지작거렸다.

"저기…… 우리 나이에 아이를 낳은 거라면……, 그때 언니네 엄마는 어른이 되기를 강요받았을 것 같아. 그런데 갑자기 어른이 된 사람은 완벽한 어른이 될 수 없을 거야. 어른인 척할 수밖에 없는 거지. 그냥 그런 생각이 들었어."

얼굴이 화끈거렸다. 이 계집애, 사실은 기억하고 있었다. 술에 취해 기억 못하는 줄 알았는데.

"가자. 미주 언니 벌써 저 위에 있어."

"어? 어."

평범하지 않은 엄마가 싫었다. 그래서 좋지 않은 일이 생기면 모두 엄마 탓이라고 생각했다. 아빠도 없이 나를 낳은 엄마가, 다른 엄마들처럼 나를 따뜻하게 안아 주지 않는 엄마가 너무 미웠다. 엄마가 없어지기를 수백 번 기도했다. 반쪽만 있을 바에는 차라리 아예 없는 게 나을 거라고 생각했다. 그래서 엄마에게 따져 물었다. 그때 할머니 대신 엄마가 죽었어야 한 거 아니냐고. 아니, 진짜로 묻고 싶은 건 그게 아니었다. 할머니가 아니라 내가 죽기를 바란 거 아니냐고 묻고 싶었다. 나는 엄마의 혹이니까.

그런데 할머니 장례식장에서 이모들은 엄마에게 내가 알아듣지 못할 소리를 했다.

"그래도 네 곁에 은성이가 있어서 엄마가 편히 눈을 감으셨을 거야."

그 말에 엄마는 고개를 끄덕였다. 왜 그랬을까?

오후가 되어서야 명사산 정상에 도착했다.

정상에 서니, 산 전체가 한눈에 들어왔다. 바람 때문에 조금씩 모래가 휘날려 꼭 모래 산이 춤추는 것 같았다.

"우아, 저 샘 참 예쁘다."

보라가 산 아래쪽에 있는 샘을 가리켰다. 초승달 모양이었다. 저 샘이 바로 '월아천'이라는 신비의 오아시스인가 보다. 어젯밤 잠들기 전에 명사산에 관한 글을 읽었는데, 거기에 월아천에 관한 설명도 있었다. 월아천은 천 년 동안 사막에 있었어도 마르지 않았다고 한다. 이 샘에도 전설이 있다.

이곳 둔황이 갑자기 황량한 사막과 시커먼 어둠만 있는 곳으로 변해 버리자, 한 처녀가 슬퍼하며 눈물을 흘렸고 그 눈물이 모여 샘이 만들어졌다는 것이다.

혹시 아직도 그 처녀가 매일 밤 몰래 와서 눈물을 흘리고 가는 건 아닐까? 그래서 사막의 샘이 마르지 않는 건지도…….

산꼭대기라서 그런지 바람이 무척 거셌다. 모래와 함께 내 몸도 날아갈 것만 같았다. 바람 때문에 모래가 다 휩쓸려 가는데, 어떻게 산 모양이 유지될 수 있는 걸까? 배낭을 열어 책자를 꺼내 어젯밤에 읽다가 만 '명사산 바람의 비밀' 부분을 펼쳐 들었다.

명사산은 바람이 한 방향으로만 불지 않는다. 그래서 명사산은 바람 부는 것에 따라 굴곡이 변하고, 산의 모양도 매일 바뀐다.

산의 모습이 매일 달라진다니 신기할 뿐이었다. 하지만 가만히 생각해 보면, 세상에 달라지지 않는 건 하나도 없다. 키가 자라지 않는다고 우울해했던 친구 신정이는 일 년 사이에 키가 10센티미터 가까이 컸고, 영원히 내 곁에 있을 것 같았던 할머니는 나를 떠났다. 나는 어떨까? 나도 조금씩 달라질까? 아니, 어쩌면 지금도 그러는 중인지도 몰라.

"은성이 네가 웬일로 책자를 다 보니? 살다 보니 별일이 다 있네. 보려면 진작 좀 보지, 여행 다 끝나 갈 때 봐서 뭐 하려고 그래?"

어유, 저 마귀할멈은 날 잡아먹지 못해서 안달이라니깐? 난 미주 언니를 째려보았다.

"눈 찢어지겠네. 그만 가자. 바람이 장난 아니야."

난 책자를 배낭에 넣고 일어섰다.

경사가 급해서 내려갈 때 무서울 줄 알았는데, 모래 속에 빠진 발이 균형을 잡아 주어 아무렇게나 발을 디뎌도 넘어지지 않았다. 모래가 발목까지 덮여서 넘어지려야 넘어질 수가 없었다. 난 그게 너무 재미있어서 깡충깡충 뛰었다.

산 중턱까지 내려오니, 모래 썰매 타는 곳이 나왔다. 사람들 몇 명이 모래 썰매를 타고 내려가는 게 보였다. 속도가 매우 빨라 눈 깜짝 할 새에 썰매가 사라졌다.

우리도 줄을 서서 나무 썰매를 받았다. 나무 썰매는 말 그대로 나무 판자로 만들어진 썰매였다. 내 키의 반 정도 되는 직사각형의 나무 판자로, 손잡이는 따로 없었다. 공사장에 있는 널빤지를 가져다가 그대로 쓰면 될 것 같았다. 썰매란 이름이 아까울 정도였다.

난 썰매를 어떻게 타는지 몰라, 사람들이 타는 것을 가만히 지켜보았다.

나무 썰매를 타는 방법은 생긴 것만큼이나 간단했다. 나무 판자 위에 다리를 살짝 구부리고 앉은 다음 양옆에 튀어나온 부분을 손으로 잡고 그냥 내려가면 그만이었다.

"모래 바람이 심하고 속도가 빠르면 몸을 뒤로 눕히면 돼, 알았지?"

"알았어요."

"참, 마스크 꼭 착용해. 모래 먼지가 입으로 다 들어간단 말이야."

"알았어요. 그만 좀 해요."

마귀할멈의 잔소리는 정말 끝이 없었다.

내가 먼저 타기로 했다.

썰매에 앉으니, 갑자기 가슴이 떨렸다. 오른발을 모래에 디뎠다. 썰매가 조금씩 아래로 내려가기 시작하더니, 점점 더 속도가 붙었다.

중간쯤 내려와서 발을 모두 들었다. 썰매는 쏜살같이 아래로 내려갔다. 이곳은 더 이상 메마른 사막이 아니다. 이곳은 이제 놀이동산이다.

나는 너무 작다. 하지만 괜찮다. 더 이상 그 사실을 숨기지도, 부정하지도 않을 것이다.

작아도 좋아.

야호! 달려라, 달려!

하이르 훠시, 실크로드!

오후가 되어서야 둔황 공항 근처에 도착했다. 명사산에서 둔황 시내를 거쳐 여기까지 오는 데 꼬박 이틀이 걸렸다.

숙소에 도착해 나와 보라가 먼저 씻는 사이에 미주 언니가 전화로 한국행 비행기 표를 예약했다.

오늘로 도보 여행이 끝난다는 게 실감 나지 않았다. 우루무치를 출발한 지 벌써 80일이 지났다. 원래 70일 일정이었지만, 이탈 사건 때문에 10일 정도가 더 걸렸다.

"내일 아침에 비행기를 타고 중국 서안까지 갔다가 거기서 인천 가는 비행기로 갈아탈 거야."

"꼭 갈아타야만 해요?"

"둔황에서 인천까지 가는 직항이 없어. 우루무치에는 직항이 있는데, 다시 우루무치까지 갈까?"

"아니, 됐어요."

나는 손사래를 쳤다.

침대에 앉아 짐을 챙기고 있는데, 미주 언니가 갑자기 벌떡 일어섰다.

"참, 한국에 전화해야지."

언니가 휴대전화를 꺼내 내게 주었다.

"왜요?"

"도착하는 시간을 집에 알려야지."

"언니가 대신 우리 엄마한테 말해 주면 안 돼요?"

침대에 앉은 채, 미주 언니에게 말했다.

"네가 직접 말해. 넌 집에 전화할 때마다 요리조리 피하더라."

언니는 우리 집 전화번호를 누른 후, 내게 전화기를 건네주었다. 난 전화기를 들고 방에서 나왔다.

"여보세요."

엄마가 전화를 받았다.

"나야, 은성이."

"은성이니? 잘 지내고 있어? 몸은 괜찮아? 아픈 데는 없고?"

"응, 없어."

"다행이네. 참, 다리는 괜찮아? 지난번에 선생님이랑 통화했는데, 너 다리에 쥐 나서 큰일 날 뻔했다고 하던데."

"그게 언제 적 일인데."

"그런가?"

엄마는 멋쩍은지 아무 말도 하지 않았다.

"나, 내일 저녁 8시에 한국 도착해."

"정말?"

"응. 그런데 엄마……."

"왜?"

"내일 어쩔래? 짐이 너무 많아. 엄마도 봤지? 내 배낭 정말 무거웠잖아. 근데 더 무거워졌어. 아 근데, 엄마 내일 미용실 쉬는 날 아니지? 그럼 뭐, 큰이모랑 수창 오빠한테 나오라고 해도 돼."

"엄마가 나갈 거야."

"미용실은 어떻게 하고?"

"조금 일찍 끝내면 되지 뭐."

"굳이 그럴 필요는 없는데……. 그럼 그렇게 하든지."

"저기, 은성아."

엄마는 나를 부르더니 아무 말도 하지 않았다.

대신 엄마의 숨소리만 수화기를 타고 들려왔다.

"왜?"

"오래 떨어져 있으니까…… 우리 딸 보고 싶어서."

그 말을 듣는 순간, 갑자기 숨이 턱 하고 막혔다.

"통화료 많이 나와. 그만 끊을게."

서둘러 전화를 끊었다.

한국을 떠날 때 난 공항에 배웅 나온 엄마를 못 본 척했다. 일부러 짐 챙기느라 바쁜 척하고, 엄마 쪽은 아예 쳐다보지도 않았다.

한국에 돌아가서 엄마와 잘 지낼 수 있을지 솔직히 자신은 없었다. 하지만 수수께끼를 풀었다. 낙타 봉 속에 담긴 비밀 말이다. 혹으로 보이는 낙타의 봉에는 사실 낙타를 살아가게 하는 힘이 들어 있었다. 나는 엄마에게 있어 혹이 아니라 봉이다. 그리고 엄마도 나에게 있어 마찬가지다.

그렇지, 할머니?

밤 9시도 되지 않았는데, 미주 언니가 잠을 자라며 불을 껐다. 내일 아침 비행기라 일찍 일어나야 된다고 했다.

"보라야, 우리 밖에 나갈래?"

"그럴까?"

우리는 미주 언니를 깨우지 않기 위해 조용히 방문을 열고 나

276

왔다. 잠을 자기에는 이른 시간이라서 한참을 누워 있었는데도 잠이 오지 않았다. 하지만 보통 때였다면 바로 잠이 들었을 것이다.

멀리 나가면 위험할 것 같아, 우리는 숙소 입구에 있는 벤치에 앉았다.

"은성 언니, 돌아갈 생각을 하니까 걱정만 돼. 우리 도망쳤을 때 생각나?"

"응?"

"오아시스는 나오지 않고, 계속해서 신기루만 보였잖아."

"알아. 그때 정말 죽을 뻔했잖아."

그때만 생각하면 지금도 속이 울렁거렸다. 가도 가도 끝이 보이지 않았던 그 길은 정말 끔찍했다.

"언니, 앞으로 내가 가는 곳이 신기루일까 봐 걱정돼."

"그러게⋯⋯."

한숨을 내쉬는데, 뒤에서 부스럭거리는 소리가 들렸다. 놀라서 돌아보니 미주 언니였다.

"잠 안 자고 뭐 해?"

언니는 내일 비행기를 타려면 잘 자야 한다고 잔소리를 하면서 우리 옆으로 다가와 앉았다.

"너희 무슨 걱정 있어? 왜 그래? 또 나만 두고 너희들끼리 도망치려고?"

언니가 우리의 한숨 소리를 들은 것 같았다.

"저희가 바보예요, 또 도망치게?"

그 말을 하면서 나는 슬쩍 보라를 쳐다보았다. 보라도 이번에는 절대 아니라고 세차게 고개를 저었다.

미주 언니에게 보라와 하던 이야기를 들려주었다. 그런데 언니는 별일 아니라는 표정을 지었다.

"난 또 무슨 큰일이라고."

"언니, 남의 일이라고 그렇게 말하면 안 되죠!"

우리는 나름 심각한데, 좀 서운했다.

"괜찮아. 너희 잘할 수 있어."

"됐어요. 괜히 위로하려고 하지 마세요."

일부러 우리 기분 좋게 하려고 그럴 필요는 없었다.

"1,200킬로미터도 걸었는데, 못할 게 뭐가 있겠어? 너희들 처음에는 끝까지 걷지 못할 거라고 생각했잖아. 하지만 결국 해냈어."

미주 언니가 나와 보라의 머리를 쓰다듬으며 말했다. 처음 있는 일이었다. 난 '머리는 때리라고만 있는 게 아니잖아요.' 라고 말하려다가, 분위기를 깰 것 같아서 참았다.

그런데 미주 언니의 칭찬에 이제는 내가 어떻게 해야 할지 몰랐다. 고기도 먹어 본 사람이 먹을 줄 안다고, 칭찬도 받아 봤어야 그 참맛을 알지. 하지만 조금 우쭐해졌다. 한 번도 느껴 보지 못한 기분이었다. 처음으로 내가 무언가를 끝까지 해냈다.

"언니도 한국에 돌아가면 꼭 좋은 남자 만날 수 있을 거예요. 늦었다고 생각할 때가 가장 빠른 때라고 하잖아요."

오는 말이 고우면 가는 말도 곱다고, 난 언니의 손을 잡고 진심으로 말했다.

"이은성, 언니 놀리면 맞는다고 했지?"

언니는 내 진심을 거절하고 꿀밤 공격을 했다. 난 날렵하게 피하고는 손가락으로 'V' 자를 그리며 웃어 보였다. 그 순간 언니가 기습 공격을 했다.

퍽!

어김없이 맞았다.

"아이씨, 그러니까 아직까지 시집을 못 간 거예요!"

퍽!

또 맞았다. 오늘은 그만 해야겠다.

"이제 그만 들어가서 자자."

난 보라와 미주 언니를 따라 일어섰다. 그런데 어디선가 이상한 소리가 들렸다.

달랑달랑.

"무슨 소리 안 들려요?"

"응?"

보라와 미주 언니는 아무 소리도 못 들은 것 같았다.

"너 잘못 들은 거 아냐?"

"그런가?"

난 보라와 미주 언니의 팔짱을 끼고 숙소 안으로 들어갔다.

한국에 돌아가면 어떨까? 내가 원하는 것을 찾을 수 있을까? 전처럼 우왕좌왕하면 어쩌지? 오아시스인 줄 알고 열심히 갔는데 신기루이면 어떻게 하지? 1,200킬로미터를 걸었지만, 여전히 내 삶은 물음표투성이다.

달랑달랑.

또다시 소리가 들렸다. 난 고개를 돌려 뒤를 돌아보았다.

"왜 그래? 또 무슨 소리 들었어?"

"잠시만요. 자꾸 낙타 방울 소리가 들려요."

난 보라와 미주 언니의 팔을 놓고, 숙소 주변을 돌며 소리 나는 곳을 찾았다. 하지만 아무리 둘러봐도 찾을 수 없었다.

"계속 들려?"

"아니에요. 그만 가요."

나도 모르게 배시시 웃음이 흘러나왔다. 설령 내가 믿고 있는 것이 신기루일지라도 상관없다. 걷다 보면 언젠가는 오아시스가 나올 것이다. 사막에는 반드시 오아시스가 숨어 있으니까.

달랑거리는 방울 소리는 멈출 줄 몰랐고, 그 소리에 맞추어 가슴이 콩닥콩닥 뛰기 시작했다.

내일부터 새로운 하이킹이 시작될 것이다.

작가의 말

  스무 살이 되면 어른이 될 거라고, 그래서 더 이상은 흔들리지 않을 거라고 믿었다. 그 믿음으로 나는 십 대를 보냈다. 그리고 스무 살이 되었다.

  '이제 됐어. 안녕, 철없던 시절아.'

  나는 멋지게 십 대에 안녕을 고했던 것 같다.

  그런데 뭔가 이상했다. 스무 살이 지나면서 내 삶이 조금씩 꼬이기 시작했다. 하지만 이미 '어른'이라고 선언했기에 내게 닥친 일들에 당황해하며 넋 놓고 있을 수만은 없었다. "어려워요, 힘들어요."라고 하면 내게 돌아오는 것은 "애처럼 왜 그러니?"라는 질타밖에 없다는 걸 알았으니까. 그래서 거짓말을 배우기 시작했다. 힘들어도 힘들지 않은 척, 슬퍼도 슬프지 않은 척했다.

하지만, 결국 뻥 하고 터져 버렸다. 나 스스로에게 거짓말을 하고 있다는 것을 들켜 버린 것이다. 더 이상 거짓말이 통하지 않는다는 걸 알고 엉엉 울기도 했다.

이제 나는 어떻게 해야 하지?
답은, 나오지 않았다.
나는 길을 잃었다.
그래서 길을 걷기로 했다. 은성이와 보라와 함께 실크로드를 걸으면서 나의 과거와 미래를 만났다.
이제 나는 어른의 의미가 거짓말을 잘하는 사람이라는 것을 알게 되었다. 그런데 스스로에게 '괜찮아, 힘들지 않아.' 라는 거짓말만큼 슬픈 거짓말은 없다.
내가 조금 덜 어른이어도, 당신이 조금 덜 어른이어도 괜찮다고 말해 주고 싶다.
이건 거짓말이 아니다.

소설이 나를 구원했다고 믿었고, 그 믿음은 지금도 변하지 않았다. 철없던 시절, 내가 소설을 구원할 거라고 큰소리쳤다. 이제는 구원까지는 몰라도, 적어도 구원을 위한 하나의 뒷받침은 되지 않을까 생각한다.

가슴이 떨린다. 앞으로 펼쳐질 세계를 조금도 짐작할 수 없다. 모른다, 모른다, 모른다 ……. 그리고 당장은 알고 싶지도 않다. 그냥 글을 쓰고 싶을 뿐이다. 이야기를 하고 싶을 뿐이다.

나는 소설과 함께 자랐고, 앞으로도 소설 옆에서 계속 자랄 것이다. 열두 살에 처음 쓰기 시작한 이후로, 언제 어디서나 소설은 내 옆에 있었다. 입시에 실패했을 때에도, 연애가 잘 안 풀릴 때에도, 공모전에서 떨어졌을 때에도 녀석은 한결같이 날 위로했다. 조금씩 알 것 같다. 내가 소설을 벗어나지 못하는 것이 아니라, 소설이란 녀석이 나를 벗어나지 못한다는 것을. 소설은 항상 나를 가여워하고 귀여워하며 나와 바짝 붙어 있다.

이 빚을 갚기 위해 다음에는 꼭 소설 기계로 태어날 것이다. 그러니까 이번 생에서는 소설만 쓰지 않을 테다. 연애도 마음껏 하고, 결혼해서 예쁜 아기도 낳고, 공부도 질릴 때까지 하고, 세계 곳곳을 누비고, 끝내 주게 맛있는 요리도 하고, 라디오 진행도 하고, 에세이도 쓰고, 학생들도 가르치고, 그렇게 살아야지.

소설만큼 고마운 사람들이 참 많다. 소설가를 꿈꿀 수 있게 해 주신 '문학수첩'의 김종철 사장님, 소설가의 이름을 허락해 주신

284

세 분의 심사위원 선생님과 '비룡소'의 박상희 사장님, 이 소설의 가능성을 봐 주신 원종찬 선생님, 많은 가르침을 주신 교수님들, 내 인생의 길잡이인 신정 언니, 그리고 나의 하이킹을 언제나 응원해 주는 가족과 지금도 나와 함께 하이킹을 하고 있는 친구들.

끝으로 이 책이 나오기까지 수고가 많았던 박원영 팀장님을 비롯한 비룡소 편집부와 '하이킹 걸즈'를 만나게 해 준 베르나르 올리비에 씨, 수창 오빠에게 고마움을 전하고 싶다.

2008년 5월

김혜정

블루픽션 26

하이킹 걸즈

1판 1쇄 펴냄	**2008년 5월 30일**
1판 27쇄 펴냄	**2023년 8월 15일**
지 은 이	**김혜정**
펴 낸 이	**박상희**
편집주간	**박지은**
편 집	**박원영**
디 자 인	**오진경**
펴 낸 곳	**(주)비룡소**
출판등록	**1994.3.17. (제16–849호)**
주소	**(06027) 서울시 강남구 도산대로1길 62 강남출판문화센터 4층**
전화	**02)515–2000**
팩스	**02)515–2007**
홈페이지	**www.bir.co.kr**

제품명 어린이용 반양장 도서 제조자명 (주)비룡소 제조국명 대한민국 사용연령 3세 이상

ISBN 978–89–491–2080–5 44800
ISBN 978–89–491–2053–9 (세트)

| 블루픽션 시리즈

1. **스켈리그** 데이비드 알몬드 글/ 김연수 옮김
   안데르센 상, 엘리너 파전 문학상, 카네기 상, 휘트브레드 상, 마이클 L.프린츠 상,
   어린이도서연구회 권장 도서, 책교실 권장 도서, 중앙독서교육 추천 도서

2. **운하의 소녀** 티에리 르냉 글/ 조현실 옮김
   소르시에르 상, 어린이도서연구회 권장 도서

4. **0에서 10까지 사랑의 편지** 수지 모건스턴 글/ 이정임 옮김
   밀드레드 L. 배첼더 상, 어린이도서연구회 권장 도서

5. **희망의 섬 78번지** 우리 오를레브 글/ 유혜경 옮김
   안데르센 상 수상 작가, 밀드레드 L. 배첼더 상, 머더카이 상, 아침햇살 선정 좋은 어린이 책,
   중앙독서교육 추천 도서, 책교실 권장 도서, 책따세 추천 도서

6. **뢰스 극장의 연인** 자닌 테송 글/ 조현실 옮김
   프랑스 '올해의 청소년 책', 소르시에르 상, 어린이도서연구회 권장 도서, 열린 어린이가 뽑은 좋은 책

7. **시인 X** 엘리자베스 아체베도 글/ 황유원 옮김
   카네기상, 내셔널 북 어워드, 마이클 L. 프린츠 상, 보스턴 글로브 혼 북 상, 골든 카이트 어워드,
   아침독서 추천 도서

9. **이매지너리 프렌드** 매튜 딕스 글/ 정회성 옮김

10. **초콜릿 전쟁** 로버트 코마이어 글/ 안인희 옮김
    미국 도서관 협회 선정 도서, 뉴욕타임스 선정 도서, 어린이도서연구회 권장 도서

11. **전갈의 아이** 낸시 파머 글/ 백영미 옮김
    뉴베리 상, 국제 도서 협회 선정 도서, 마이클 L. 프린츠 상, 책교실 권장 도서, 어린이도서연구회 권장 도서

13. **나의 산에서** 진 C. 조지 글/ 김원구 옮김
    뉴베리 상, 미국 도서관 협회 선정 도서, 어린이도서연구회 권장 도서,
    열린 어린이가 뽑은 좋은 책, 책교실 권장 도서

15. **우리 형은 제시카** 존 보인 글/ 정회성 옮김
    줏대있는 어린이 추천 도서

17. **푸른 황무지** 데이비드 알몬드 글/ 김연수 옮김
    안데르센 상, 엘리너 파전 문학상, 스마티즈 상, 마이클 L.프린츠 상, 어린이도서연구회 권장 도서

18. **킬리만자로에서, 안녕** 이옥수 글
    학교도서관저널 추천 도서

20. **기억 전달자** 로이스 로리 글/ 장은수 옮김
    뉴베리 상, 보스턴 글로브 혼 북 명예상, 어린이도서연구회 권장 도서,
    열린 어린이가 뽑은 좋은 책, 교보문고 추천 도서

22. **내 인생의 스프링캠프** 정유정 글
    세계청소년문학상, 문화관광부 교양 도서, 어린이도서연구회 권장 도서,
    교보문고 추천 도서, 학도넷 추천 도서

23. 줄무늬 파자마를 입은 소년 존 보인 글 / 정회성 옮김

아일랜드 '오늘의 책', 행복한 아침독서 추천 도서, 교보문고 추천 도서

25. 파랑 채집가 로이스 로리 글 / 김옥수 옮김

어린이도서연구회 권장 도서

26. 하이킹 걸즈 김혜정 글

블루픽션상, 한국문화예술위원회 우수문학도서, 책따세 추천 도서, 학도넷 추천 도서

27. 지구 아이 최현주 글

제11회 블루픽션상 수상작

28. 나는 브라질로 간다 한정기 글

황금도깨비상 수상 작가, 소년조선일보 추천 도서, 중앙일보 추천 도서

29. 키싱 마이 라이프 이옥수 글

한국문화예술위원회 우수문학도서, 어린이도서연구회 권장 도서, 교보문고 추천 도서,
전국독서새물결모임 추천 도서, 학교도서관저널 추천 도서

30. 꼴찌들이 떴다! 양호문 글

블루픽션상, 행복한 아침독서 추천 도서, 교보문고 추천 도서, 책따세 추천 도서,
경기도학교도서관사서협의회 추천 도서, 중앙일보 북클럽 추천 도서

31. 우연한 빵집 김혜연 글

문학나눔 선정 도서, 학교도서관저널 추천 도서, 책따세 추천 도서, 아침독서 추천 도서,
어린이도서연구회 추천 도서

32. 생쥐와 인간 존 스타인벡 글 / 정영목 옮김

미국 도서관 협회 선정 도서, 국립어린이청소년도서관 추천 도서

33. 두 개의 달 위를 걷다 샤론 크리치 글 / 김영진 옮김

뉴베리 상, 미국 어린이 도서상, 스마티즈 북 상, 영국독서협회 상 수상작,
경기도학교도서관사서협의회 추천 도서, 학도넷 추천 도서

34. 침묵의 카드 게임 E. L. 코닉스버그 글 / 햇살과나무꾼 옮김

스쿨 라이브러리 저널 선정 최고의 책, 에드거 앨런 포 상 노미네이트,
경기도학교도서관사서협의회 추천 도서, 아침독서 추천 도서

35. 빅마우스 앤드 어글리걸 조이스 캐럴 오츠 글 / 조영학 옮김

스쿨 라이브러리 저널 선정 최고의 책, 미국 도서관 협회 선정 최고의 청소년 책,
뉴욕 공립 도서관 추천 도서, 학교도서관저널 추천 도서

36. 서쪽 마녀가 죽었다 나시키 가오 글 / 김미란 옮김

소학관 문학상, 일본 아동문학가협회 신인상, 한국간행물윤리위원회 청소년 권장 도서,
어린이도서연구회 권장 도서, 아침독서 추천 도서, 책따세 추천 도서

37. 닌자걸스 김혜정 글

전국학교도서관담당교사모임 추천 도서, 아침독서 추천 도서

38. 첫사랑의 이름 아모스 오즈 글 / 정회성 옮김

안데르센 상, 제브 상

39. 하니와 코코 최상희 글

블루픽션상, 사계절문학상 수상 작가, 학교도서관저널 추천 도서

40. 파랑 치타가 달려간다 박선희 글

제3회 블루픽션상 수상작, 학교도서관저널 추천 도서, 아침독서 추천 도서,
어린이도서연구회 권장 도서, 책따세 추천 도서, 문화체육관광부 우수교양도서

41. 나는, K다 이옥수 글

학교도서관저널 추천 도서

42. 어쩌자고 우린 열일곱 이옥수 글

한국도서관협회 우수문학도서, 학교도서관저널 추천 도서

43. 앉아 있는 악마 김민경 글

44. 최후의 Z 로버트 C. 오브라이언 글/ 이진 옮김

뉴베리 상 수상 작가

46. 줄리엣 클럽 박선희 글

제3회 블루픽션상 수상 작가, 대한출판문화협회 선정 올해의 청소년 도서,
한국도서관협회 선정 우수문학도서

47. 번데기 프로젝트 이제미 글

제4회 블루픽션상 수상작

48. 뚱보가 세상을 지배한다 K.L. 고잉 글/ 정회성 옮김

마이클 L. 프린츠 아너 상

49. 파랑 피 메리 E. 피어슨 글/ 황소연 옮김

미국학교도서관저널, 미국도서관협회 선정 청소년 분야 '최고의 책',
학교도서관저널 추천 도서, 책따세 추천 도서

50. 판타스틱 걸 김혜정 글

제1회 블루픽션상 수상 작가, 대한출판문화협회 선정 올해의 청소년 도서,
고래가 숨쉬는 도서관 선정 도서, 한국도서관협회 선정 우수문학도서,
경기도학교도서관사서협의회 추천 도서

51. 어쨌거나 스무 살은 되고 싶지 않아 조우리 글

제12회 블루픽션상 수상작

52. 우리들의 짭조름한 여름날 오채 글

마해송 문학상 수상 작가, 한국도서관협회 선정 우수문학도서,
국립어린이청소년도서관 추천 도서, 경기도학교도서관사서협의회 추천 도서,
2017 순천시 One City One Book 선정 도서

53. 웰컴, 마이 퓨처 양호문 글

제2회 블루픽션상 수상 작가, 대한출판문화협회 선정 올해의 청소년 도서,
경기도학교도서관사서협의회 추천 도서

54. 초록 눈 프리키는 알고 있다 조이스 캐럴 오츠 글/ 부희령 옮김

미국 내셔널북어워드, 오헨리 상 수상 작가, 경기도학교도서관사서협의회 추천 도서,
국립어린이청소년도서관 추천 도서

56. 메신저 로이스 로리 글/ 조영학 옮김

뉴베리 상, 보스턴 글로브 혼 북 명예상 수상 작가, 경기도학교도서관사서협의회 추천 도서

59. 고백은 없다 로버트 코마이어 글/ 조영학 옮김

전미 도서관 협회 선정 청소년을 위한 최고의 책,
퍼블리셔스 위클리 선정 최고의 책, 북리스트 편집자의 선택

61. 개 같은 날은 없다 이옥수 글

2013 서울 관악의 책 , 목포시립도서관 추천 도서 , 울산남부도서관 올해의 책,
책따세 추천 도서, 한국간행물윤리위원회 청소년 권장 도서, 한국도서관협회 우수문학도서,
국립어린이청소년도서관 추천 도서

63. 명탐정의 아들 최상희 글

제5회 블루픽션상 수상 작가, 문화체육관광부 우수교양도서

64. 갈까마귀의 여름 데이비드 알몬드 글/ 정회성 옮김

안데르센 상, 엘리너 파전 문학상, 카네기 상, 휘트브레드 상 수상 작가

65. 파랑의 기억 메리 E. 피어슨 글/ 황소연 옮김

67. 하필이면 왕눈이 아저씨 앤 파인 글/ 햇살과나무꾼 옮김

카네기 메달, 가디언 어린이 픽션 상

68. 반드시 다시 돌아온다 박하령 글

제10회 블루픽션상 수상작, 학교도서관저널 추천 도서, 세종도서 문학나눔 선정 도서

69. 원더랜드 대모험 이진 글

제6회 블루픽션상 수상작, 국립어린이청소년도서관 추천 도서, 아침독서 추천 도서

70. 나는 일어나, 날개를 펴고, 날아올랐다 조이스 캐럴 오츠 글/ 황소연 옮김

미국 내셔널북어워드, 오헨리 상 수상 작가

71. 칸트의 집 최상희 글

제5회 블루픽션상 수상 작가, 아침독서 추천 도서, 세종도서 문학나눔 선정 도서

72. 태양의 아들 로이스 로리 글/ 조영학 옮김

뉴베리 상, 보스턴 글로브 혼 북 명예상 수상 작가

73. 마법의 꽃 정연철 글

푸른문학상 수상 작가, 세종도서 문학나눔 선정 도서, 학교도서관저널 추천 도서

74. 파라나 이옥수 글

학교도서관저널 추천 도서, 사계절문학상 수상 작가, 책따세 추천 도서, 국립어린이청소년도서관
추천 도서, 세종도서 문학나눔 선정 도서, 아침독서 추천 도서

75. 그 여름, 트라이앵글 오채 글

마해송 문학상 수상 작가, 국립어린이청소년도서관 추천 도서, 아침독서 추천 도서

76. 밀레니얼 칠드런 장은선 글

제8회 블루픽션상 수상작, 학교도서관저널 추천 도서, 아침독서 추천 도서

77. 아르주만드 뷰티 살롱 이진 글

블루픽션상 수상작가, 한국출판문화진흥원 우수 콘텐츠 제작 지원 당선작

78. 굿바이 조선 김소연 글

80. 당�첨되셨습니다 - SF 앤솔러지 길상효 오정연 전혜진 정재은 홍준영 곽유진 홍지운
이지은 이루카 이하루 글

81. 순례 주택 유은실 글
2021 중구민 한 책 선정, 2022 광주시 동구 올해의 책, 2022 미추홀구의 책,
2022 양주시 올해의 책, 2022 원 북 원 부산 올해의 책, 2022 원 북 원 포항 올해의 책,
2022 원주시 한 도시 한 책 읽기 선정 도서, 2022 익산시 올해의 책,
2022 전남도립도서관 올해의 책, 2022 전주시 올해의 책, 2022 평택시 올해의 책,
국립어린이청소년도서관 추천 도서, 문학나눔 우수문학 도서,
서울시 교육청 어린이도서관 추천 도서, 아침독서 추천 도서, 2022 대구 올해의 책,
2023 청주, 구미, 금산군 올해의 책

82. 녀석의 깃털 윤해연 글
학교도서관저널 추천 도서, 문학나눔 우수문학 도서

83. 모두의 연수 김려령 글

⊙ 계속 출간됩니다.